내가 정말 알아야 할 모든 것은

# 유치원에서 배웠다

ALL I REALLY NEED TO KNOW I LEARNED IN KINDERGARTEN

내가 정말 알아야 할 모든 것은

# 유치원에서 배웠다

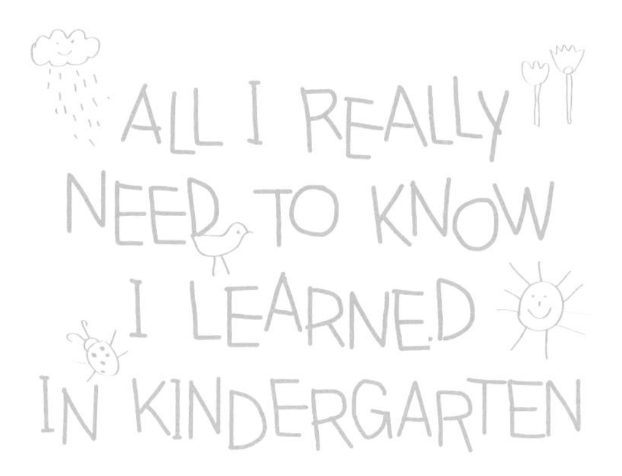


로버트 풀검 Robert Fulghum 지음 | 최정인 옮김

이 책을 처음 펴낼 때 나는 들어가는 글에서 중요한 이야기를 했다. 지금 되풀이해도 그럴 만한 가치가 충분히 있으므로 다시 소개하려고 한다. 여러분에게 이 책을 직접 전해줄 수 있다면, 앞으로 말하는 것을 마음에 잘 새겨주십사 부탁하고 싶다.

이 책은 여러 해 동안 조금씩 쓴 것으로, 시간이 날 때마다 다시 생각하고 수정했다. 그동안 나는 여러 곳에서 살았고 다양한 직업을 가져보았으며 많은 곳을 여행했다. 이 이야기들은 친구들과 가족과 신앙공동체와 제자들과 나 자신에게 들려주려고 썼다. 책으로 출판할 생각은 없었다. 내 마음과 삶 속에서 일어나는 이야기를 써놓은 정도이기 때문이다.

그 가운데 '내가 유치원에서 배운 것'이라는 글이 여기저기 돌아다니다가 퍼지고 퍼져서 여러 집의 냉장고와 게시판에 붙기 시작했다. 한 학교에서 근무하던 어느 날 아이의 가방에 이 글을 넣어 집으로 보냈는데, 출판중개인인 아이 엄마가 글을 보고 내게 편지를 보내왔다.

"써놓으신 글이 더 있는지요?"

"있습니다."

그 뒤부터 마법의 나라에서처럼 여러 가지 일이 줄줄이 생기고 술술 풀려갔다.

아주 순진하거나 몹시 까다롭거나 둘 다인 사람들을 보호하기 위해 이름과 몇 가지 사실을 바꾸었다는 것을 밝힌다.

게다가 나는 공식적인 이야기꾼 면허를 갖고 있다. 한 친구가 면허증을 만들어 내 책상 앞에 붙여주었다. 이야기를 더 잘 써보려고 경험을 정리할 때 진실을 해치지 않는 한 상상력을 사용해도 된다는 허가를 받은 셈이다. 시와 우화의 진실은 과학이나 법정의 진실과는 다르다. 독자 여러분도 그 차이를 잘 알고 있으리라 믿는다.

마지막으로, "여기서 말하는 견해가 순전히 나의 것이다."라고 말하지는 않을 작정이다. 나이가 들수록 내 생각이 사실은 '생각의 세계'라는 슈퍼마켓 선반에서 골라온 것들을 합친 것에 지나지 않다는 것을 깨닫는다. 나의 것이라고 말할 수 있는 것은 내 마음을 휘젓고 지나가는 것에 대한 나의 태도일 뿐이다. 이 주제를 좀 더 깊이 다루고 싶은 마음에 이 책을 어느 자동차 범퍼에 붙어 있던 심오한 가르침으로 시작하려 한다.

"생각하는 모든 것을 믿지는 말라."

낡은 포드 픽업트럭 범퍼에 붙어 있던 스티커의 글이다. 눈보라 치던 1월의 어느 날 밤, 혼자 차를 몰고 뉴멕시코의 산타페를 지날 때였다. 한참을 가도 보이는 것이라고는 앞에 가는 트럭이 브레이크를 밟을 때 들어오는 빨간불과 범퍼 스티커에 인쇄되어 있던 이 글뿐이었다. 슬금슬금 기어가다가 차가 멈추면서 빨간불이 들어오면 읽고, 다시 슬금슬금 기어가다 멈추면서 빨간불이 들어오면 또 읽었다.

"생각하는 모든 것을 믿지는 말라."

이 글은 내 마음속에 평생 잊지 못할 잔상을 남겼다. 이 글을 되뇔 때마다 이제까지 살면서 했던 멍청하고 쓸모없고 순진한 생각들이 떠오른다. 한때 나의 뇌세포에 지울 수 없는 문신으로 새겨져 있던 생각들, 새로운 증거가 나오고 더 많은 경험을 한 뒤에 어쩔 수 없이 생각을 바꾸면서 폐기한 생각들 말이다.

이따금 예전에 쓴 글을 읽으면 "내가 이런 생각을 했다니, 믿어지지 않는군." 하는 말이 절로 나올 때가 있다. 하지만 당시에는 그런 생각을 했다. 분명히 그랬다. 그때 여론의 법정에 섰더라면 내가 생각했던 것을 강력하게 변호했을 것이다.

한편 지금까지 믿는 것들도 있다. 이런 신념은 온갖 우여곡절을 겪고 나서도 변함없이 진실이라고 믿는 것들이다. 어떤 생각은 오래도록 변하지 않는다. 물론 문제는, 그런 생각이 어떤 것인가 하는 것이다. 아마도 실제로 경험을 통해 입증된 것들이 아닐까?

《내가 정말 알아야 할 모든 것은 유치원에서 배웠다》는 1988년에 처음 출판되었다. 산타페에서 범퍼 스티커의 글을 본 이후, 이 책에 담긴 생각들이 호된 시험을 어떻게 버틸지 궁금했다. 내가 아직도 이 책의 이야기 속에 녹아 있는 믿음을 지키고 있을까? 아니면 생각이 바뀌었을까? 만약 생각이 바뀌었다면, 어떻게 해야 하는가?

출판된 책을 수정하여 다시 출판하는 것은 흔치 않은 일이다. 하지만 하지 말라는 법은 없다. 책의 내용이 더 좋아지고 넓어질 수 있다면, 계속해서 유익하고 의미 있는 책이 될 수 있을 것이다. 이 책은 사물을 보는 방식인 우리의 태도에 관한 책이다. 그러니 다시 보고 바꿀 수 있는 것 아닌가? 그래서 다시 읽어보았다.

수정에 착수하자 생각했던 것보다 일이 많아졌다. 이야기 몇 편은 완전히 빼버렸다. 시대에 맞지 않거나 생각이 바뀌었거나 내가 말하려는 진실을 더 잘 표현해주는 새 이야기가 생겼기 때문이다. 새로운 이야기 스무여 편을 추가했고, 옛글 대부분은 좀 더 명확히 전하기 위해 편집과 정돈을 거쳤다. 글의 순서도 연관성을 고려하여 바꾸었다. 지금으로선 이것이 마지막 판이 될 듯싶다.

그러나 지금부터 15년 후에 이 책이 어떻게 느껴질지 궁금하다. 별 탈 없이 살아 있다면, 이 책을 또다시 수정해서 내고 싶을 것 같다. 그렇게 되기를 바란다. 그 이유는 지금과 마찬가지다. 그때가 되면 내가 한때 믿었던 것을 더 이상 믿지 않는

나를 발견하고 생각을 바꿀 것이기 때문이다. 아니면 지금 그렇다고 믿는 것을 그때도 믿고 있을 수 있다. 변하지 않는 생각도 많을 것이다. 그중 하나가 '이야기꾼의 신조'이다.

나는 다음과 같이 믿는다.

상상력은 지식보다 강하다.
신화는 역사보다 강력하다.
꿈은 사실보다 힘이 있다.
희망은 늘 경험을 이긴다.
웃음만이 슬픔을 치유한다.
사랑은 죽음보다 강하다.

로버트 풀검
ROBERT FULGHUM

# 차례

004 독자에게 드리는 글

## 1부_ 내가 정말 알아야 할 모든 것은 유치원에서 배웠다

017 나의 신조
021 유치원에서 배운 것
026 그래서 어떻게 되었어요?
031 거미와 인간
037 물웅덩이가 주는 기회
042 숨바꼭질
046 빨래의 신성함
051 화장실을 보면 그 사람을 알 수 있다
054 누군가를 사랑하는 일
056 목사 바텐더
060 도움받을 자격
064 먼지에 관하여
067 인생의 시험
071 소리 지르기
073 제3의 조치
077 사랑의 모습
080 받은 만큼 돌려주기
084 선물의 규칙
088 크레용 폭탄
093 하늘을 날다

2부_

## 내가 알고 있는 작은 천사들


101 라마를 찾다

104 천사는 있다

108 1인 합창단

113 한여름 밤의 축제

116 오래된 비밀

121 진공청소기 파는 남자

125 인어들

128 뉴욕 택시

132 착한 사마리아인

137 낙엽청소부 도니

143 인디언 남자와 춤을

147 끈적거리는 나의 상자

151 테레사 수녀

156 위대한 이교도

160 여름 아르바이트

165 좋은 이웃

167 옆집 남자

170 민들레가 꽃이 아니라고?

176 지팡이를 닦는 의식

180 이상한 원칙

183 눈은 어디로 가는가

186 당신이 모르는 사이

3부_

## 나는 나의 삶을 다시 살 것이다


193 우리의 위치를 잃지 않으려면

198 할아버지가 되는 연습

201 보통의 기적

204 당신의 시민권 기간이 끝났습니다

209 날개 달린 테디베어

213 죽었다가 살아난 체험

217 이해할 수 없는 일들

221 크리스마스 변덕

223 뻐꾸기시계

228 닭고기를 먹는 닭

232 세상을 우리 집 거실처럼

236 8월의 크리스마스 카드

239 베토벤 교향곡 제9번

243 은밀하게 치르는 1월의 기념일

247 고등학교 동창회

250 자동차는 곧 당신이다

253 사물의 이름

257 물에 관하여

261 동물원에서

264 막다른 길

268 풀검의 교환법칙

＼

272 돌아보다

275 마무리

＼

276 **옮긴이의 말**

# 내가 정말
# 알아야 할 모든 것은
# 유치원에서 배웠다

# 1부

우리는 살면서
옳고 그름, 선과 악,
진실과 거짓의 문제에 부딪힌다.
그럴 때마다 아주 어린 시절,
인간에 대한 기본적인 것을
세심하게 가르쳐주던
그 방으로 들어간다.

ALL I REALLY
NEED TO KNOW
I LEARNED
IN KINDERGARTEN

# 나의 신조

내가 알아야 할 모든 것을 정말 유치원에서 배웠을까?
나는 여전히 그렇게 생각하고 있을까?

오랜 세월 매해 봄이면 나의 신조를 종이에 쓰는 일을 해왔다. 젊었을 때는 삶의 모든 영역을 다 포함하려다 보니 신조를 써놓고 보면 몇 장이나 되었다. 그때는 마치 말이 존재의 의미에 관한 모든 갈등을 풀어줄 것 같았기에 신조도 대법원 판결문 같았다.

얼마 전부터 신조가 꽤 짧아졌다. 때로는 냉소적이고, 때로는 웃기며, 때로는 온화하다. 간결하게 써 종이 한 장을 넘기지 않는다.

짧게 써야겠다는 깨달음은 어느 날 주유소에 갔을 때 얻었다. 타고 다니던 낡은 차에 최고급 기름을 가득 넣었는데, 너무 낡은 차는 이를 받아들이지 못했다. 교차로에 설 때마다 덜커덩거리고 내리막길을 갈 때는 트림하듯 기름을 내뱉었다. 그 순간 난 깨달았다. 이따금 내 마음과 정신도 그렇지. 고급 지식을 너무 많이 집어넣으면 버거워진다. 삶의 교차로에서 덜커덩거리게 된다. 나는 너무 많이 알거나, 너무 모르거나 둘 중 하나인 것이다. 생각하며 사는 삶이란 결코 녹록하지 않다.

그때 나는 의미 있는 삶을 사는 데 꼭 필요한 것을 내가 이미 알고 있음을 깨달았다. 그게 그리 복잡하지 않다는 것도. 나는 알고 있다. 이미 오랫동안 알고 있었다. 그러나 아는 것과 아는 대로 사는 것은 또 다른 문제다. 이제 나의 신조를 소개한다.

어떻게 살 것인지, 무엇을 할 것인지, 어떤 사람이 될 것인지에 대해 내가 정말 알아야 할 모든 것을 나는 유치원에서 배웠다. 지혜는 대학원의 상아탑 꼭대기에 있지 않았다. 유치원의 모래성 속에 있었다. 내가 배운 것들은 다음과 같다.

무엇이든 나누어 가지라.

공정하게 행동하라.

남을 때리지 말라.

사용한 물건은 제자리에 놓으라.
자신이 어지럽힌 것은 자신이 치우라.
내 것이 아니면 가져가지 말라.
다른 사람을 아프게 했다면 미안하다고 말하라.
음식을 먹기 전에는 손을 씻으라.
변기를 사용한 뒤에는 물을 내리라.
균형 잡힌 생활을 하라. 매일 공부도 하고, 생각도 하고, 그림도 그리고, 노래도 부르고, 춤도 추고, 놀기도 하고, 일도 하라.
매일 오후에는 낮잠을 자라.
밖에서는 차를 조심하고 옆 사람과 손을 잡고 같이 움직이라.
경이로움을 느끼라. 스티로폼컵에 든 작은 씨앗을 기억하라. 뿌리가 나고 잎이 자라지만 아무도 어떻게 그러는지, 왜 그러는지 모른다. 그러나 우리는 모두 그 씨앗과 같다.
금붕어와 햄스터와 흰쥐와 스티로폼컵 속의 작은 씨앗마저 모두 죽는다. 우리도 마찬가지다.
그리고 그림책 《딕과 제인Dick & Jane》, 태어나서 처음 배운 단어, 모든 단어 중 가장 의미 있는 단어인 '보다LOOK'를 기억하라.

우리가 알아야 할 모든 것이 이 속에 들어 있다. 황금률과 사랑과 기본적인 위생, 그리고 환경과 정치와 평등과 건강한 삶까지.

여기에서 아무것이나 하나를 골라 세련된 어른의 말로 고쳐서 가족, 일, 정부, 세계에 적용해보라. 그러면 딱 들어맞고, 분명하며, 확고해진다. 이 세상에 사는 사람들 모두가 매일 오후 3시에 과자와 우유를 먹고 담요를 덮고서 낮잠을 잔다면 세상이 얼마나 좋아질지 생각해보라. 모든 나라가 사용한 물건을 제자리에 놓는 것과, 자신이 어지럽힌 것을 자신이 치우는 것을 기본 정책으로 삼는다면 어떻게 될지 생각해보라. 그리고 나이가 몇 살이든 밖에 나가서는 옆 사람과 손을 잡고 같이 움직이는 것이 제일 좋다는 말도 사실이다.

# 유치원에서 배운 것

이 글을 쓰는 나는 그동안 많은 일을 겪었고, 유치원에 다닌 것은 아주 오래전 일이다. 지금 내가 아는 것은 무엇일까?

유치원의 가르침은 아이들에게만 해당하는 것이 아니다. 단순하다고 표현해서도 안 된다. 삶에 기본이 되는 것이라고 해야 옳다.

이 글은 우리가 살면서 언젠가 한번은 교실 창문 너머를 바라보며 던졌을 "내가 왜 여기에 있지?", "왜 학교에 가야 하지?" 하는 질문에 대한 답이다.

아이들을 학교에 보내는 이유는 문명인을 만들기 위해, 즉 인간 사회의 기본 제도를 가르치기 위해서다. 우리는 어릴 때

집을 떠나 학교라는 세상으로 간다. 여기에는 선택의 여지가 없다. 우리 사회가 교육을 아주 중요하게 생각하기 때문이다. 학교에 가는 것은 법이다. 학교에서 우리는 문명의 기초가 되는 것들을 배운다. 학교에서는 이를 어린아이도 이해할 수 있는 쉬운 말로 설명해준다.

예를 들어, 여섯 살짜리 꼬마에게 "지구가 보유한 자원을 균등하게 분배하지 않으면 인간 사회가 제대로 돌아가지 않는다."라고 말해봐야 아무 소용없다. 완벽하게 맞는 말이지만 아이는 여기에 쓰인 단어를 이해하지 못한다. 그래서 다르게 설명해준다. "아이들은 스무 명 있는데 공은 다섯 개, 화판은 네 개, 블록은 세 세트, 기니피그는 두 마리, 화장실은 하나밖에 없단다. 그러니 나누어 써야 공평하지."

이와 마찬가지로 여섯 살짜리 꼬마에게 "폭력은 개인과 개인 간, 혹은 사회와 사회 간의 건설적인 상호작용에 해가 된다는 것이 증명되었다."라고 말하면 아이는 이해하지 못한다. 하지만 "사람을 때리지 말라." 하는 학교 규칙이 학교 밖 세상에서도 그대로 적용된다고 말해주면 알아듣는다. 그래도 아이가 친구를 때릴 때가 있다. 이런 때를 대비해 아이에게 "사람을 때리지 말라." 하는 규칙이 "무엇이든 나누어 갖고, 공정하게 행동하라."라는 규칙과 연결되어 있음을 알려줘야 한다. 사람들은 남을 때리는 사람에게는 물건을 나누어 주지도 않고, 공정하게 대하지도 않는다고 말이다.

여섯 살짜리 꼬마에게 환경오염과 환경파괴의 대가나 결과를 설명하기는 쉽지 않다. 그러나 지금 우리는 유치원에서 배운 것을 제대로 실천하지 않았기 때문에 처절한 대가를 치르고 있다. 바로 자신이 어지럽힌 것은 자신이 치우고, 사용한 물건은 제자리에 갖다 놓고, 제 것이 아닌 물건은 가져가지 말라는 가르침을 잊었기 때문이다.

"한 사회의 역사는 철학과 정치 이론보다 질병을 이해할 때 더 잘 알 수 있다."라는 말이 있다. 맞다. 이 말은 기본적인 위생을 두고 한 말이다. 마음의 때를 씻어내는 것이 중요하듯 손에 묻는 때를 씻어내는 것도 중요하다. 그러나 아이에게는 화장실을 쓰고 난 뒤에는 물을 내리고 손을 씻으라고 가르치면 충분하다.

학교에 가면 아이는 첫날부터 이해하기 쉬운 말로 사회와 문화에 대해 배운다. 선생님은 '간단한 규칙'이라며 가르쳐주지만, 사실 이것들은 인간이 힘겹게 싸워 얻어낸, 온갖 시험을 거친 인간 행위의 규범 중에서도 가장 핵심적인 것들이다. 아이들은 규칙을 배운 뒤, 곧 실습을 하게 된다. 학교가 매일 배운 것을 연습하라고 요구하기 때문이다.

지식은 행동으로 옮겼을 때에만 의미가 있다. '내가 어떤 사람인가'는 무슨 생각을 하는지 뿐만 아니라 어떤 행동을 하는지에 따라서도 결정된다. 이것은 인류가 아주 어렵게 알아낸 사실이다. 아이나 어른이나 마찬가지고, 교실에서나 나라에서

나 마찬가지다.

나는 가끔 사람들이 유치원에서 배운 것을 잘 모른다는 사실에 놀란다. 목사로 일하던 시절, 사람들이 찾아와 이런 말을 하면 늘 당황스러웠다.

"방금 전 병원에 다녀왔는데, 의사가 저더러 시한부 인생이랍니다."

나는 이렇게 소리치고 싶었다.

"뭐라고요? 그걸 몰랐습니까? 나이도 적지 않은데 그 말을 들으려고 의사한테 돈까지 냈단 말입니까? 유치원에서 작은 컵에 솜과 물과 씨앗을 담아놓고 기다리던 때에 당신은 어디 있었습니까? 컵 속에서 생명이 태어난 것은 기억합니까? 뿌리가 나오고 새싹이 돋았지요. 기적이었습니다. 그리고 며칠 뒤 식물은 죽었어요. 죽었단 말입니다. 삶은 짧습니다. 그날 자고 있었나요? 아니면 아파서 학교에 안 가고 집에 있었나요?"

끝내 그렇게 말은 못하고 생각만 했다.

내가 이야기하고 싶은 것은 처음부터 전체적인 그림을 그리고 살자는 것이다. '삶과 죽음'을 줄여서 '생사'라는 한 단어로 표현하듯 삶과 죽음이 하나라는 것, 하나의 짧은 사건임을 잊지 말자.

우리가 모르는 것이 또 하나 있다. 혼자서는 살 수 없다는 것. 우리에게는 가족, 친구, 동반자, 동호회, 교회 모임 등 우리를 도와줄 사람이 필요하다. "밖에 나가서는 옆 사람과 손을 잡고 같이 움직이라." 하는 유치원의 가르침은 살아가는 내내 필요한 말이다. 바깥세상에서의 삶은 위험하고 외롭다. 사람에게는 누군가가 필요하다. 사람은 늘 함께여야 한다.

우리는 살아가는 동안 유치원에서 배운 것들을 계속 다시 배우게 된다. 강의, 백과사전, 성경, 회사규칙, 법, 설교, 참고서 등 훨씬 복잡한 모습으로 말이다. 이렇게 생은 우리가 유치원에서 배운 것들을 제대로 아는지, 실천하는지 끊임없이 확인한다.

우리는 살면서 옳고 그름, 선과 악, 진실과 거짓의 문제에 부딪힌다. 그럴 때마다 아주 어린 시절, 인간에 대한 기본적인 것을 세심하게 가르쳐주던 그 방으로 들어간다. 물론 그때 배운 것이 말 그대로 '우리가 정말 알아야 할 모든 것'은 아니다. 그러나 그때 배운 기본적인 것을 체득하지 못했다면, 개인과 사회는 값비싼 대가를 치러야 한다. 반대로 기본적인 것을 잘 알고 아는 대로 실천하고 있다면, 인생에서 알아야 할 나머지 것들에 튼튼한 토대가 쌓이는 셈이다.

지금까지 유치원의 가르침에 대한 부연 설명을 했다. 신조는 변하지 않았다. 예순다섯의 나이에도 나는 이 신조를 믿는다.

## 그래서 어떻게 되었어요?

"그래서 어떻게 되었어요?"

우리 집 아이들이 어렸을 적 어두컴컴한 잠자리에서 나를 재촉하며 묻던 말이다. 이야기를 다 끝냈다고 생각할 때, 이제는 잠들었겠지, 하고 마음 놓는 바로 그때, 작고 졸린 목소리로 묻는다.

"그래서 어떻게 되었어요?"

내가 무슨 말을 하든지 아이들은 계속 조른다.

"제발, 제발 아빠, 그래서 어떻게 되었는지 얘기해주세요."

진이 빠진 나는 세상의 종말을 갖다 댄다.

"갑자기 우주의 커다란 혜성이 지구로 떨어지는 바람에 지구상의 모든 게 산산조각 나버렸단다."

순간 조용하다. 하지만 아이들은 또 묻는다.

"그럼 그 조각들은 어떻게 되었어요?"

"몰라. 모두 끔찍하게 죽었거든. 특히 잠 안 자는 아이들은 더 끔찍하게 죽었지."

이따금 이런 대답도 했다.

"아이가 잠을 자지 않자, 아빠가 아이를 집시한테 팔았어. 근데 알고 보니, 아이들을 갈아서 소시지로 만드는 집시였대. 잠 안 자고 계속 질문한 아이를 제일 먼저 소시지로 만들었다는구나."

지금은 그렇게 대답한 것이 부끄럽다. 그러나 그때는 효과가 좋았다. 되짚어보면, 아이들이 정말 좋아한 것은 결말이 끔찍한 이야기가 아니었나 싶다. 제 아빠가 얼마나 끔찍한 이야기를 해줄 수 있는지, 얼마나 정신이 나갔는지 알아보려는 속셈이었는지도 모른다.

요즘은 손자들과 놀아주는데, 꼬치꼬치 묻는 폼이 제 아빠 어렸을 때와 똑같다. 나는 옛날보다 꾀가 늘어 이야기를 더 해달라고 조르면 이렇게 대답한다.

"그 뒷이야기는 네 아빠만 알아. 집에 가서 아빠한테 얘기해 달라고 하렴."

물론 아이들이 뒷이야기를 묻는 것은 당연하다. 삶을 사는 한 언제나 다음이 있게 마련이니까. 일에는 늘 결과가 있고, 늘 뒷이야기가 있다. 나는 아이들이 이야기를 해달라고 조를 때를 대비해 내가 아는 이야기들을 떠올려보았다. 그러자 나도 뒷이야기가 궁금해졌다.

빨간 모자를 쓴 당찬 소녀 이야기. 그 뒤 늑대들 사이에 똑똑한 소녀는 건드리지 말라는 말이 퍼졌을까? 빨간 모자 소녀의 병든 할머니는 어쩌다가 실버타운이나 요양원에 가지 않고 혼자 숲에서 계속 살게 되었을까?

앨리스는 어떻게 되었을까? 소소한 생활의 재미가 꼭 필요한 중년이 되어서도 '이상한 나라'로 가는 길을 발견할 수 있었을까? 물론 그러지 못했을 것이다. 거울에 다가갈 때마다 화장이나 고쳤겠지.

코끼리의 모습을 저마다 다르게 설명한 장님들 이야기. 코끼리 꼬리를 잡은 남자는 "코끼리는 밧줄처럼 생겼습니다. 다른 사람들은 모두 틀렸어요." 하고 주장했다. 가운데 부분을 만져본 남자는 "아니요. 코끼리는 네 그루의 나무같이 생겼습니다. 다른 사람들은 모두 틀렸어요." 하고 주장했다. 그리고 코끼리 코를 만진 사람은 코끼리가 호스라고 우겼다. 그 뒤 모순을 깨달은 그들은 다시 코끼리를 더듬으러 떠났을까? 아닐 것 같다. 제 주장을 꺾기보다는 차라리 머리 잘리는 쪽을 선택할 사람들이다.

백설공주가 일곱 난쟁이와 동거했다는 사실을 왕자가 안 뒤에도 그들은 행복하게 살았을까? 아닐 것이다. 부부싸움을 할 때마다 왕자는 그 일을 걸고 넘어졌을 것이다. "당신 그 난쟁이들하고 무슨 짓을 했어?" 하고 말이다.

신데렐라 역시 구두를 벗으면 알아보지 못하는 왕자와는 영원히 행복하게 살지 못했을 것이다.

벌거벗은 임금님의 뒷이야기는 어떨까? 재단사는 자신이 만든 옷은 너무 훌륭해서 순수한 사람만 볼 수 있다고 임금님을 속였다. 임금님이 있지도 않는 옷을 입고 우쭐거리며 거리로 나갔을 때, 한 아이가 눈에 보이는 대로 말했다. "임금님이 발가벗었네!" 그 아이는 어떻게 되었을까? 당장 집으로 끌려가 입을 가볍게 놀린 벌로 저녁도 못 얻어먹고 잠자리로 쫓겨 갔을 것이다.

아이는 늘 이런 말을 듣고 자랐을 것이다.

"정직하라. 진심을 말하라. 자신에게 진실하라. 용기를 갖고 확신하라."

하지만 아이는 쓰라린 경험을 통해 진짜 규칙은 다르다는 것을 알게 된다. 진짜 규칙은 이렇다.

"문제를 일으키지 말라. 입을 굳게 다물라. 영웅이 되려 하지 말고 자기 일에만 신경 쓰라."

왕자와 결혼하는 소녀들 역시 진실을 알게 되고, 진실을 폭로하면 영원히 행복하게 사는 것과는 거리가 멀어진다. 아이는 살아가는 동안 이런 현실과 씨름할 것이다. 나를 냉소적인 늙은이라고 부르고 싶은가? 임금님이 벌거벗었다고 말한 아이에게 그 부모가 한 것처럼 나를 대하고 싶은가? 눈먼 남자들처럼 잘못을 알아도 이미 한 말은 바꾸지 말아야 한다고 말하고 싶은가?

내가 너무 많이 알고, 너무 오래 살았는지도 모르겠다. 옛날이야기를 해주면서 진실을 쏙 빼놓거나, 아예 아이들 부모에게 알아서 하라고 넘기는 편이 나을 수 있다. 아이들에게 세상이 늘 좋고 공평하지는 않다고 말해주기에는 아직 이르다. 아이들 스스로 다음 이야기를 알아나갈 테니까. 머지않아 "그 다음엔 어떻게 되었어요?"가 이야기 내용을 묻는 질문이 아니라 간절한 기도가 될, 잠 못 이루는 밤이 올 것이다.

# 거미와 인간

이웃에 사는 훌륭한 숙녀 한 분을 소개하겠다.

여자는 직장에 가기 위해 멋지게 차려입고 현관을 막 나선다. 문을 잠그고 지갑, 점심 도시락, 에어로빅 가방, 나가면서 버릴 쓰레기봉지 등 날마다 가지고 나오는 꾸러미를 들었다. 돌아서서 나를 보더니 미소 지으며 인사하고 세 계단쯤 내려온다. 그러다 갑자기 "아아아아아아악!" 하고 소리를 지른다. 소방차 사이렌이 가장 크게 울릴 때와 맞먹을 고함이다. 거미줄에 걸린 것이다. 여자에게 가장 급한 문제는 '지금 거미가 어디에 있는가'이다.

여자는 들고 있던 짐을 사방으로 내팽개치고, 짝짓기에 열을

올리는 두루미처럼 다리를 쳐들며 지르박을 추어댄다. 얼굴과 머리를 움켜쥐고 아까보다 더 크게 "아아아아아아악!" 하고 소리를 지른다. 열쇠를 다 넣지도 않은 채 현관문을 열려고 한다. 열리지 않으니까 또 해보다 열쇠가 부러진다. 여자는 뒷문을 향해 집 뒤로 달려간다. 여자의 비명소리가 멀어져간다.

"아아아아아아악……."

이제 이 장면을 다른 관점에서 살펴보자.

거미 한 마리가 있다. 흔히 볼 수 있는 회색 암컷 거미다. 거미는 동트기 전부터 거미줄을 치고 있었다. 만사가 잘되어갔다. 날씨는 화창하고, 바람은 잔잔하고, 이슬도 사냥감이 잘 달라붙을 정도로 알맞다. 거미는 주위를 살피며 아침거리로 작은 벌레나 한 마리 걸렸으면 하고 생각한다. 느낌도 좋고 준비도 잘 되었다. 그런데 갑자기 큰 혼란이 빚어진 것이다. 지진이 일어났는지, 태풍이 불었는지, 화산이 터졌는지, 거미줄이 찢기고 미친 듯이 움직이는 건초더미 같은 것에 둘둘 말려버렸다. 색을 잔뜩 칠한 살아 있는 거대한 고깃덩어리가 이제껏 한 번도 들어보지 못한 소리를 지른다.

"아아아아아아악……."

고깃덩어리는 싸두었다가 나중에 먹기에는 너무 컸고, 제지하기에는 너무 많이 움직였다. 덤벼들어 잡을까? 매달려 기다릴까? 파먹을까? 인간이다. 거미가 인간을 잡은 것이다. 거미에게 가장 급한 문제는 '지금 사람이 어디로 가고 있으며, 가서 무엇을 할 것인가'이다.

이웃집 숙녀는 거미가 바닷가재만 한 데다 끈적거리는 입술과 독이 든 송곳니를 가졌다고 생각한다. 옷을 벗어던지고 거미를 확실히 떼기 위해 샤워하고 머리를 감는다. 그러고는 새 옷으로 갈아입고 단장도 새로 한다.

거미는 어떨까? 이 모든 재난을 이겨내고 살아남는다면, 거미에게는 잡았다 놓친 엄청나게 큰 먹이에 대한 대단한 이야깃거리가 생긴 셈이다. "너희도 그놈의 입을 봤어야 하는 건데!"

거미는 놀라운 생물이다. 이 세상에 산 지 3억 5천만 년이나 되었기 때문에 웬만한 일에는 다 대처할 수 있다. 수도 많아서 교외에는 1에이커(약 4미터)당 6~7만 마리나 산다.

나는 거미줄을 가진 거미가 부럽다. 사람이 거미와 비슷한 장치를 갖추고 있다면 어떨지 상상해보라. 척추 밑에 작은 노즐이 달린 여섯 개의 구멍이 있어 그곳에서 유리섬유 같은 줄을 길게 뽑아낼 수 있다면 어떨지 말이다. 짐을 싸는 일은 식은 죽 먹기일 테고, 등산도 편해질 것이다. 올림픽 경기도 달라질 것이며, 부부생활과 아이 기르는 일도 달라질 것이다. 다른 각도에서 보면 상상하지 못했던 일이 보인다. 그러나 사람만 한 크기의 거미줄을 치우는 일은 만만치 않을 것이다.

여기까지 말하니 아는 노래 하나가 생각난다. 조그만 거미에 대한 노래다. 여러분도 알고, 여러분의 부모님과 아이들도 알

것이다.

거미가 줄을 타고 올라갑니다.
거미가 줄을 타고 올라갑니다.
비가 오면 부서집니다.
해님이 다시 솟아오르면
거미가 줄을 타고 내려옵니다.
거미가 줄을 타고 내려옵니다.

이 노래에는 율동도 있다. 이 노래가 말하려는 것은 무엇일까? 왜 우리는 모두 이 노래를 알고 있을까? 왜 이 노래를 아이들에게 가르칠까? 게다가 이 노래는 거미를 좋게 보고 있다. 아무도 이 노래를 부르며 "아아아아아아악!" 하고 소리 지르지 않는다.

우리가 아이들에게 이 노래를 가르치는 이유는 삶의 모험을 분명하고 쉬운 말로 표현했기 때문일 것이다.

작은 생물이 끊임없이 모험을 찾아다닌다. 저기 배수관이 있다. 빛을 향해 가는 긴 터널이다. 거미는 그저 올라간다. 비가 오고 홍수가 나 재난이 닥친다. 거미는 밀려 떨어져 처음에 있던 곳보다 더 먼 곳으로 쓸려간다. 그렇다고 거미가 "젠장!" 하는가? 아니다. 해가 나오고 구름이 걷히고 거미의 몸이 마른다. 그럼 작은 거미는 다시 배수관으로 기어가서 위를 보며 저 위에서 무슨 일이 일어나는지 알고 싶어 한다. 전보다 조금 더 현명해졌기에 먼저 하늘을 살펴보고, 발을 내디딜 튼튼한 곳을 찾고, 기도를 올리고, 빛을 향해 수수께끼 같은 곳을 뚫고서 올라간다.

살아 있는 것들은 오랫동안 이렇게 해왔다. 온갖 종류의 재앙과 좌절과 재난을 견뎌냈다. 우리는 생존자들이다. 그리고 이것을 아이들에게 가르친다. 아마 거미들도 이것을 거미의 방식으로 새끼들에게 가르치리라.

이웃집 숙녀는 전보다 현명해져서 문을 나설 것이다. 거미도 살아남았다면 마찬가지일 것이다. 만약 살아남지 못한다 하더라도 다른 거미들이 많이 있으니 곧 소문이 퍼질 것이다. 특히 "아아아아아아악!" 하는 대목이.

• • •

소리를 내지 않고 마음속으로 노래하며 강의할 때가 있다. 나는 내 마음속을 알려주기 위한 단서로 소리 없는 노래에 맞춰 손으로 율동을 한다. 그러고는 청중에게 내가 무엇을 하는지 알면 똑같이 해달라고 부탁한다. 물론 내가 마음속으로 부르는 것은 거미 노래다. 강의실을 가득 채운 사람들이 마음속으로 거미 노래를 부르고 손으로 율동을 하면서 환하게 미소짓는 모습이 떠오른다. 사람들의 얼굴에는 미소가 가득했다. 그리고 노래가 끝나면 박수를 쳤다.

여러분은 거미 노래 가사를 베토벤의 제9번 교향곡에 나오는 환희의 송가 가락에 맞춰 부를 수 있다는 것을 아는가? 조금만 바꾸면 아주 훌륭한 노래가 된다. 두 노래를 합치면 인류 투쟁의 노래라고 할 만하리라. 한번은 1천 명의 청중에게 율동까지 하면서 바꿔 부르게 한 적도 있다.

한 곡은 거미에 대한 것이고 한 곡은 사람에 대한 것이지만, 두 곡이 노래하는 것은 같다. 바로 역경을 헤치고 승리를 향해 나아가는 생명력, 고난을 이겨내는 끈기를 노래한 것이다.

# 물웅덩이가 주는 기회

5월 어느 날, 뉴욕의 센트럴파크에 나가 있었다. 오후 들어 소나기가 내리더니 봄 햇살이 다시 고개를 내밀며 바쁜 사람들을 공원으로 유혹했다. 80번가와 5번가가 만나는 곳에는 공원으로 가는 오솔길이 있는데, 비 때문에 오솔길에 물웅덩이가 여러 개 생겼다.

비옷을 입고 장화를 신은 꼬마가 웅덩이로 들어가 첨벙거리며 즐겁게 소리쳤다.

"야아아아아!"

그러자 아이와 마찬가지로 비옷을 입고 장화를 신은 엄마가 소리쳤다.

"안 돼! 안 돼!"

엄마는 아이의 손을 잡고 마른 땅으로 끌어내며 엄하게 말했다.

"웅덩이에 들어가면 안 돼, 제이콥. 웅덩이에 들어가면 안 된다고 분명히 얘기했어."

아이는 엄마에게 손목을 잡힌 채 웅덩이 쪽으로 가려고 발버둥 쳤다. 아이가 떼를 쓰자 엄마는 마른땅 쪽으로 더 잡아끌었다. 아이는 결국 울음을 터뜨렸다. 엄마가 안으려고 했지만 팔다리를 축 늘어뜨리고 계속 소리를 질렀다. 엄마와 아이 모두 상대방이 원하는 것을 모르는 척했다. 슈퍼마켓에서 아이가 먹을 것을 사달라고 조를 때와 비슷한 상황이었다. 아이는 소리 지르는 데 선수였다.

"우우우우 아아아아아."

엄마는 당황했다. 사람들이 '엄마가 아이에게 무슨 짓을 했기에 저러지?' 하고 생각할까 봐 걱정스러웠다.

옷을 잘 차려입은 중년 신사가 벤치에 앉아 이 광경을 지켜보고 있었다. 남자는 날개 모양 구두코에 윤이 나는 검은색 가죽구두를 신었다. 남자, 엄마와 아이 사이에는 큰 웅덩이가 있었다. 남자는 일어서서 웅덩이로 들어갔다. 구두를 신은 채로. 그러고는 싱긋 웃으며 소리쳤다.

"여기 봐라!"

엄마와 아이가 남자를 쳐다보았다. 아이는 울음을 그쳤다.

이 광경은 사실이라고 하기에는 너무 아름답다. 그러니 내가 어떻게 빠질 수 있겠는가. 나는 벤치에서 일어나 웅덩이로 들어가 웃고 있는 남자 옆에 나란히 섰다. 꽤 괜찮은 가죽샌들과 양말을 신은 채였다. 나는 남자와 엄마와 아이를 보며 싱긋 웃었다. 그러자 멋지게 차려입은 젊은 여자가 신발을 벗고 우리 곁에 섰다. 따라오던 개도 웅덩이로 들어왔다.

아이가 웃으며 엄마 손을 놓고 웅덩이로 향했다.

사람들의 눈길이 엄마에게 모였다.

무대 중심에 서게 된 엄마는 난처함과 기쁨이 뒤섞인 표정이었다. 엄마는 부모로서의 딜레마에 빠졌다. 아이는 주의하는 법을 배워야 한다. 하지만 장화를 신었으니 웅덩이에 들어간다고 무슨 해가 되랴. 엄마는 아이가 병이 나지 않기를 바란다. 하지만 감기는 웅덩이에 들어간다고 걸리는 것이 아니라 손에 묻은 세균 때문에 걸린다는 것쯤은 누구나 안다. 이미 "안 돼!" 하고 말한 상황에서 물러서기는 참으로 어렵다. 하지만 마음을 바꾸는 일은 잘못이 아니다. 엄마는 아이가 웅덩이에 뛰어든 낯선 사람들을 따라 하기를 바라지 않는다. 하지만 그들이 한 일이라고는 웅덩이에 들어가서 웃은 일뿐이다. 이런 사소한 일에 문제가 있어봐야 얼마나 있겠는가?

좋은 엄마가 되려면 어떻게 해야 할까?

부모는 항상 조금 위선적이다. 엄마가 아이였다면 벌써 웅덩이에 들어갔을 것이다. 엄마도 어렸을 때는 웅덩이에서 첨벙거리며 놀았고, 그래도 별 탈 없었다. 엄마의 엄마 역시 "웅덩이에 들어가면 안 돼!" 하고 소리쳤다. 부모가 되면 다 그렇게 되는 것인가?

이런 온갖 생각이 엄마의 마음속에서 10억 분의 1초 사이에 왔다 갔다 했다. 웅덩이에 있는 사람들과 지켜보던 사람들은 아이 엄마가 어떻게든 뭔가 하기를 기다렸다. 그러니 엄마는 마냥 서 있을 수만은 없었다.

엄마는 미소를 지으며 웅덩이로 들어갔다. 사람들이 박수를 쳤다. 웅덩이에 있던 사람들이 엄마에게 악수를 청했다. 악수가 오가는 동안 아이는 기뻐하면서도 혼란스러워했다.

어른들은 이상하다. 아이는 어른이 될 때까지 어른이 얼마나 이상한 존재인지 이해하지 못할 것이다.

이 이야기가 사실이냐고 묻는다면? 글쎄. 그렇기도 하고, 아니기도 하다.

그날, 그 공원, 그 웅덩이는 사실이다. 사람들도 실제로 있었다. 웅덩이에 들어가고 싶은 우리 마음도 진심이었다. 그러나 사실은 엄마가 아이를 끌고 나와서 "웅덩이에 들어가면 안 돼!" 하고 계속 소리를 질렀다. 지켜보던 사람들은 짜증이 나서 엄마와 아이에게 관심을 끄고 저마다 제 일에 몰두했다.

하지만 그런 일이 일어날 수도 있었다. 아니, 마땅히 일어났어야 했다. 웅덩이는 사람들이 젊게 살고 있는지 알아보려는 시험장이었다. 그날 거기 있던 어른은 모두 그 시험에서 떨어졌다.

다음에, 시간이 있을 때, 혹은 사정이 괜찮으면, 그때는 마음이 시키는 대로 하리라고 생각하며 자리를 뜨는 내 자신이 얼마나 싫었는지 모른다. 때로는 바보 같은 짓이 지혜로운 행동일 수 있다.

그날 오후 늦게, 나는 마땅히 했어야 할 일을 하기 위해 다시 그곳에 갔다. 하지만 늦었다. 너무 늦었다. 엄마, 아이, 좋은 사람들, 웅덩이, 기회는 모두 사라지고 없었다.

# 숨바꼭질

10월의 어느 토요일 저녁 해질 무렵, 동네 아이들이 숨바꼭질을 하고 있다. 내가 숨바꼭질을 한 지 얼마나 되었을까? 50년, 어쩌면 그보다 더 오래되었을지도 모른다. 하지만 놀이 방법은 기억한다. 아이들이 끼워주기만 한다면 바로 할 수 있을 것이다. 어른들은 숨바꼭질을 하지 않는다. 적어로 재미로는. 유감스러운 일이다.

어릴 적 여러분 동네에는 아무도 찾지 못할 정도로 잘 숨는 아이가 있었는가?

우리 동네에는 그런 아이가 있었다. 우리는 한참 찾다가 아이를 숨은 곳에 내버려둔 채 집으로 돌아가곤 했다. 얼마 뒤 아이는 나타나 자기를 끝까지 찾지 않았다고 화를 냈다. 그러면 우리도 놀이에 맞지 않게 너무 꼭꼭 숨었다며 그 아이에게 화를 냈다. 우리는 '숨기'가 있으면 '찾기'도 있어야 한다고 말했고, 아이는 '숨고 찾는 놀이'이지 '숨고 포기하는 놀이'가 아니라고 따졌다. 우리는 어찌됐든 똑바로 하지 않으면 더는 같이 놀아주지 않을 것이고 네가 필요하지도 않다며 소리를 질렀다. 숨고 찾고 소리 지르는 놀이였다. 하지만 다음번에도 아이는 너무 꼭꼭 숨었다. 어쩌면 지금도 어딘가에 숨어 있을지 모른다.

이 글을 쓰는 동안에도 동네 아이들이 숨바꼭질을 한다. 한 꼬마가 바로 내 방 창문 아래에 쌓인 낙엽더미 속에 숨어서 오랫동안 버티고 있다. 다른 아이들은 다 찾았고 이 아이만 남았는데 아이들이 서서히 포기하려고 한다. 나는 밖으로 달려 나가 아이들에게 꼬마가 숨은 곳을 알려줄까 하고 생각했다. 꼬마가 낙엽더미에서 뛰어나오도록 낙엽에 불을 지를까 하는 생각도 했다. 끝내는 창밖에 대고 이렇게 소리 질렀다.

"찾았다!"

내 소리에 꼬마는 겁을 먹고 바지에 오줌을 싸며 울면서 집으로 달려가 엄마한테 일렀을 것이다.

때로는 어떻게 하는 게 도와주는 것인지 참으로 모르겠다.

내가 아는 한 사람은 작년에 자신이 암 말기라는 사실을 알게 되었다. 그는 의사였다. 죽음이 어떤 것인지 잘 알았고, 자기 때문에 가족과 친구들이 고통받는 걸 원치 않았기에 이 사실을 비밀에 부쳤다. 그러고는 죽었다. 사람들은 그를 가리켜 혼자 고통을 감내하다니 얼마나 용기 있는 사람이냐며 감탄했다. 하지만 가족과 친구들은 그가 자신들을 필요로 하지 않고 자신들의 힘을 믿어주지 않은 것에 화를 냈다. 작별인사도 없이 떠나버린 것에 가슴 아파했다.

그는 너무 잘 숨은 것이다. 들켜주었더라면 놀이를 계속했을 텐데. 어른들 방식으로 숨바꼭질을 한 것이다. 숨고 싶은 마음과 들키고 싶은 마음이 있었다. 하지만 들키는 것이 마음 편하지 않았던 것이다.

'아무도 몰랐으면 좋겠다.'

'다른 사람들은 어떻게 생각할까?'

'다른 사람을 괴롭히고 싶지 않다.'

이렇게 생각한 것이다.

나는 숨바꼭질보다 다른 놀이를 더 좋아한다. 그 놀이에서는 한 사람이 숨고 나머지 사람들이 모두 찾아 나선다. 숨은 사람을 찾아낸 사람은 그 옆에 같이 숨는다. 그러다 보면 작은 공간에 빼곡히 함께 숨게 된다. 얼마 안 가서 누군가 킥킥거리고, 또 다른 누군가 웃음을 터뜨리고, 그러다 모두 들켜버린다.

중세의 신학자들은 신을 숨바꼭질과 비슷하게 '숨은 신Deus Absconditus'이라고 표현했다. 하지만 나는 신이 이 놀이를 하고 있다고 생각한다. 이 놀이에서는 함께 모인 사람들의 웃음소리 때문에 들킨다. 신도 이것과 똑같은 방식으로 발견되리라고 생각한다.

"못 찾겠다, 꾀꼬리!"

아이들이 길거리에서 이렇게 소리치고 있다. "어디 있든 상관없으니, 어서 나와! 다시 시작한다!"라는 말이다.

나도 그렇게 말한다. 너무 잘 숨은 사람들에게.

"이제 좀 들켜라! 못 찾겠다, 꾀꼬리!"

# 빨래의 신성함

오래전부터 나는 우리 집 빨래 담당이다. 나는 이 일이 좋다. 이상하게도 빨래를 하면 식구들과 연결되어 있다는 느낌이 든다. 때로는 뒤쪽에 떨어진 방에서 혼자 시간을 갖는 기분도 괜찮다.

옷을 밝은 색, 어두운 색, 중간색으로 분류하는 것이 좋다. 온수, 냉수, 헹굼, 시간, 온도가 표시된 다이얼을 맞추는 것도 좋다. 이런 것은 내가 이해할 수 있고 자신 있게 결정해 선택할 수 있다. 새 오디오는 어떻게 다뤄야 할지 아직도 모르지만, 세탁기와 건조기 다루는 법은 훤하다. 타이머가 울리면 따뜻하고 보슬보슬한 옷을 꺼내 거실 탁자로 가져가 분류하고 차곡차곡

갠다. 빨래 개기는 특히 정전기가 많이 날 때 재미있다. 양말을 온 몸에 붙여도 떨어지지 않고 그대로 달라붙어 있는 것이 퍽 신기하다.

빨래를 끝내면 일종의 성취감이 든다. 능력 있는 사람이 된 기분이다. 다른 것은 몰라도 빨래에는 자신 있다. 빨래를 하면서 종교적 체험을 하기도 한다. 여기에는 물과 흙과 불이 관여하며, 젖은 것과 마른 것, 뜨거운 것과 차가운 것, 더러운 것과 깨끗한 것이라는 양극이 있다. 시작과 끝, 알파와 오메가가 돌고 도는 거대한 순환이 있다. 아멘! 나는 '위대한 무엇'과 만나는 것이다. 아주 잠깐 동안이지만 삶이 정돈되고 삶의 의미도 생긴다. 곧 다시 이전으로 돌아가기는 하지만…….

지난주에 세탁기가 고장 났다. 수건을 너무 많이 넣은 모양이다. 돌아가던 중에 세탁물이 한쪽으로 쏠리더니 덜컹거리며 춤을 추듯 비틀거리다 폭발했다. 세탁기가 나를 향해 오는 줄 알았다. 세탁기는 한순간 발작을 일으키는 생물 같더니, 곧 수건을 가득 삼키고 거품을 문 하얗고 차가운 상자가 되었다. 세제도 너무 많이 넣었나 보다. 5분 뒤에는 건조기도 작동을 멈췄다. 양로원에서 한 사람이 세상을 떠나면 바로 뒤따라 세상을 뜨는 금실 좋은 노부부처럼 세탁기와 건조기는 뗄 수 없는 관계다.

토요일 오후에 집안의 수건이란 수건은 다 젖었고, 나의 반바지와 양말도 젖었느니 어찌할 것인가? 세탁기 수리하는 사람을 부르려면, 36시간 동안 집에서 꼬박 기다려야 하고 은행에서 돈을 찾아 수리비도 미리 준비해놓아야 한다. 내게는 그럴 시간이 없었다. 길 건너편 쇼핑몰에 있는 빨래방으로 가는 수밖에.

토요일 밤을 빨래방에서 보내기는 대학시절 이후 처음이었다. 빨래방에서는 다른 사람의 빨랫감을 훔쳐보거나, 다른 곳에서는 결코 들을 수 없는 대화를 엿듣는 재미를 맛볼 수 있다. 나이 든 아주머니가 섹시한 검은색 속옷을 개는 것을 보니, 그 속옷이 아주머니 것일지 아닐지 궁금증이 일었다. 어떤 대학생이 친구에게 가죽재킷에 토한 자국 없애는 법을 일러주는 것도 들었다.

빨래가 끝나기를 기다리며 세제통을 자세히 들여다보았다. 나는 치어Cheer라는 세제를 쓴다. '행복한 빨래'라는 아이디어가 마음에 든다. 늦은 밤, 빨래방에서 따뜻한 건조기에 등을 대고 앉아 치즈와 크래커를 먹고 보온병에 담아온 백포도주를 마시며 삶의 의미에 대해 생각하는데, 문득 세제통에 쓰인 글이 눈에 들어왔다.

세제에는 옷에서 때를 분리하는 성분(음이온 계면활성제), 물을 부드럽게 하는 성분(복합 인산나트륨), 세탁기 부품을 보호하는 성분(규산나트륨), 세탁 과정을 개선하는 성분(황산나트륨), 주름을 없애고 색이 바래는 것을 막는 소량의 약품, 표백제, 착색제, 향수 등이 들어 있다. 거짓말이 아니다. 이렇게 많은 것이

들어 있는데 1온스에 5센트도 안 한다. 게다가 미생물에 의해 분해되고 찬물에서도 잘 빨리니, 한마디로 환경 친화적이다. 세제통 속에 기적이 들어 있는 셈이다.

건조기에서 빨랫감이 돌아가는 것을 보며 둥근 세상과 위생에 대해 생각했다. 여러분도 알다시피 우리는 많이 진보했다. 한때는 질병이 신이 내리는 벌이라고 믿었다. 그러다가 질병이 인간의 무지 때문에 생기는 것을 알았고 그 뒤로는 손, 옷, 몸, 음식, 집 안의 더러움을 깨끗이 씻어내며 살아왔다.

과학자들이 우리 마음속의 더러움을 씻어낼 수 있는 세제를 발명한다면 얼마나 좋을까. 한 컵만 부으면 삶의 때를 빼주고, 굳은 곳을 부드럽게 풀어주고, 몸속을 보호해주고, 능력을 키워주고, 혈색을 좋게 해주며 주름살을 펴주고, 타고난 것보다 더 좋게 해주는, 부드럽고 좋은 사람으로 만들어주는…….

그렇다고 세제를 먹지는 말기 바란다. 내가 벌써 먹어보았는데 맛이 끔찍했다. 덕분에 혀는 깨끗해졌지만 말이다.

• • •

책을 다시 보며 이 이야기를 뺄까 싶었다. 이제는 전처럼 빨래를 자주 하지 않아서다. 이제는 가끔 한다. 빨래를 하는 이유는 정원의 풀을 뽑고 부엌의 서랍을 정리하는 이유와 똑같다. 정직하고, 시작과 끝이 똑 떨어지는 일을 함으로써 끝없이 복잡한 내 삶의 나머지 부분과 균형을 맞출 수 있기 때문이다. 성스러운 단순함이라고나 할까.

나는 아직도 정전기가 난 옷을 몸에 붙여본다. 합성섬유는 정말 잘 붙는다. 한번은 건조기에서 꺼낸 세탁물을 전부 다 몸에 붙인 채 부엌을 걸어가는 기술을 과시했다. 이 모습을 보고 손자들이 웃었다. 아이들 웃으라고 한 일이었다.

세제는 볼드, 파워, 타이드, 트루 그리트, 암 앤 해머를 써봤다. 이런 세제를 쓴 이유는 오로지 강력한 것이 좋고, 색색으로 된 상자가 멋있어 보였기 때문이다. 오래전부터 있던 제품에 '새롭고 더 좋아진'이라는 문구가 더해지면 언제나 마음이 끌린다. 나 또한 새롭고 더 좋아지고 싶으므로.

# 화장실을 보면 그 사람을 알 수 있다

나는 궁금했다. 여러분은 저녁식사나 파티에 초대받아 가서 그 집 화장실을 사용한 적이 있는가? 화장실을 쓰면서 수납장을 열어본 적이 있는가? 그저 이 집은 어떤가 싶어서 화장실 여기저기를 둘러본 일이 없는가?

한 친구는 다른 집 화장실을 갈 때마다 수납장을 열어본다. 그는 사회학 박사학위 논문을 쓰기 위한 조사라고 주장한다. 친구의 말에 따르면, 사회학 박사학위 논문을 쓰기 위해서가 아니라도 다른 집 수납장을 엿보는 사람이 많다고 한다. 그런데 사람들은 이런 이야기를 별로 하지 않는다. 그런 짓을 하는 사람은 나뿐이라고, 수납장을 엿본 이야기를 하면 이상한 사람으로 찍힌다고 생각하기 때문이다.

나의 친구는 어떤 사람의 참모습을 알고 싶으면 그의 화장실에 가보라고 한다. 화장실 서랍과 선반과 수납장을 들여다보고 문 뒤에 걸린 가운과 잠옷을 보면, 그 사람에 대한 그림이 나온단다. 습관, 희망과 꿈과 슬픔, 아픔과 마음의 병, 심지어 성생활까지 그 작은 방에 모두 드러나 있다는 것이다.

그 친구는 대부분의 사람이 보이지 않는 곳에서는 아주 지저분하다고 말한다. 그리고 인류의 가장 깊숙한 신비는 화장실의 후미진 곳에 숨어 있다고 한다. 그곳에서 우리는 혼자가 되어 거울 속의 자신을 마주보고, 머리를 빗고, 몸을 닦고, 늙어가는 아픈 몸을 하루만 더 버티라고 구슬리고, 긴장을 풀고, 화장하고, 악취를 없애고, 명상하며 신의 기운을 받고, 운을 좋게 만들어보려고 하기 때문이다.

또한 화장실 안에는 온갖 것이 있다고 한다. 캔과 병과 튜브와 상자와 약병 속에, 물약과 오일과 연고와 스프레이와 각종 연장과 로션과 향수와 기구와 비누와 치약과 알약과 크림과 패드와 파우더 등이 들어 있는 것이다. 어떤 것은 전기로 작동하고 어떤 것은 전기가 필요 없는 놀라운 장치들이다. 화장실 안에는 이 시대의 신통한 것들이 모두 있다. 그 친구는 대부분의 화장실은 비슷해서 화장실을 보면 신기하게도 인류가 하나라고 느껴진단다.

나는 다른 집 화장실을 탐험하는 대열에 합류하고 싶은 생각은 없다. 하지만 방금 전 우리 집 화장실에 들어가 안을 둘러보았다. 그러자 나에 대한 그림이 그려졌다. 웃어야 할지, 울어야 할지 모르겠다. 화장실에는 내가 있었다.

여러분도 화장실을 한번 둘러보라. 당신의 진실의 사원을.

앞으로 우리 집에 찾아올 사람은 미리 화장실에 다녀오길 바란다. 나의 화장실은 다른 사람에게 개방하지 않으니까.

# 누군가를 사랑하는 일

이 글은 원래 나의 아내에게 보내려고 쓰기 시작했다. 그러다 여러분 중에 남편이나 아내가 있는 사람이면 비슷한 느낌을 경험할 수 있을 거라는 생각이 들어 여기에 싣기로 했다. 어쨌든 이것은 내 이야기가 아니라 샤를 부아예의 이야기다.

샤를 부아예를 기억하는가? 상냥하고 말끔하고 잘생기고 품위 있는 외모에, 가장 유명하고 아름다운 여배우들의 연인이었던 사내. 그러나 이것은 카메라에 잡히고 잡지에 실린 모습일 뿐이다. 샤를 부아예의 실제 삶은 그와 달랐다.

그에게는 44년 동안 오직 한 여자뿐이었다. 바로 아내 패트리샤. 친구들은 그것이 평생에 걸친 사랑이었다고 말한다. 두 사람은 영혼의 짝이었다. 처음 만났을 때부터 44년이 지난 후까지도 연인이자 친구이고 동반자였다.

그러다가 패트리샤가 간암에 걸렸다. 샤를은 이 사실을 의사에게 들었지만 차마 아내에게 말할 수 없었다. 아내에게 희망과 기쁨을 주기 위해 여섯 달 동안 밤낮으로 곁을 지켰지만 운명을 바꿀 수는 없었다. 누구라도 어쩔 수 없었다. 패트리샤는 그의 품에 안겨 숨을 거두었다. 이틀 뒤, 샤를 부아예도 죽었다. 그는 아내 없이는 살고 싶지 않다고 말했다.

"아내의 사랑은 내게 생명이었다."

이것은 영화가 아니다. 앞에서 말한 대로 실제로 있었던 이야기, 샤를 부아예의 이야기다. 그가 슬픔 앞에서 어떻게 했는지는 내가 뭐라고 말할 거리가 못 된다. 다만, 감동과 위안을 받았다는 것을 말하고 싶다. 위선적인 할리우드식 사랑 뒤에 가려져 있던 깊은 사랑에 감동받았고, 한 남자와 한 여자가 그토록 오랫동안 서로 사랑할 수 있다는 것이 위로가 되었다.

내가 그런 상황이었다면 어떻게 했을지 모르겠다. 그와 같은 처지가 되지 않기를 바랄 뿐이다.

이제부터는 내 이야기인데, 나도 평범한 나날을 보내다 문득 방 건너편을 돌아볼 때가 있다. 그러면 아내요, 친구요, 동반자라고 부르는 사람이 있다. 아내를 보면 샤를 부아예가 왜 그랬는지 이해가 된다. 누군가를 그토록 사랑하는 것은 가능하다. 나는 확신한다.

# 목사 바텐더

진정한 교육은 뜻밖의 장소에서 이루어진다. 진짜 교사는 이 점을 알고 있다.

대학원에 들어가자 일자리가 필요했다. 적게 일하고 많이 버는 일자리를 찾기란 쉽지 않았다. 일자리가 절실했던 나는 어느 호텔에서 바텐더 일을 하기로 했다. 괜찮을 것 같은데? 바텐더 일이 무슨 문제가 되랴. 문제될 것 없지. 그때는 나도 그렇게 생각했다.

그런데 내가 다니는 대학원은 목사들이 공부하는 신학대학원이었다. 바텐더 일을 하면 정학을 당할지도 모를 일이었다. 이미 일을 하겠다고 말했는데, 뒤늦게 이런 생각이 들었다. 아내 역시 나와 같은 생각을 했고, 친구들도 같은 생각이었다. 아차 싶었다.

나는 오히려 도전적이 되어 학교 관계자들에게 자수하기로 결심했다. 소문이 퍼지기 전에 당당하게 학장실로 들어가 용건을 말했다.

"바텐더 일을 하기로 했습니다. 어떻게 하실 겁니까?"

바틀렛 학장이 날카로운 눈빛으로 쳐다보았다. 그 뒤 나는 이런 눈빛이 가르침을 체험할 신호라는 것을 알게 되었다.

"잘됐군. 아주 좋은 소식이네."

학장이 소리쳤다.

"네?"

그는 교수들이 나를 어리고 미숙하고 오만하고 경험 없고 머리에 피도 안 마른, 세상 물정 모르는 젊은이로 여긴다고 했다. 이어 이렇게 말했다.

"더 나쁜 건, 자네 자신은 모든 걸 알고 있다고 생각한다는 걸세."

그랬다. 스물한 살이었으니까.

그는 내게 단점을 고칠 수 있다고 했다. 목사가 되기 위해 알아야 할 것은 강의실에서 배울 수 없고, 책이나 교회가 아닌 바깥세상에 있다고 했다. 바텐더 일을 하다 보면 다양한 욕구를 가진 여러 부류의 사람을 만나게 될 텐데, 쓸모 있는 사람이 되고 자신의 가치를 지켜나가는 일은 큰 도전이 될 것이라고 했다. 마지막으로, 목사는 주일 아침 제단에 서서 안전하게 수다만 떠는 사람이 아니라 자신을 필요로 하는 곳에 있어야 한다고 했다. 어떤 술집이든 목사가 필요하니 잘해보라고 했다.

"예수님은 교회에서 많은 시간을 보내지 않았어. 바깥세상에 나가 있었지."

학장은 내게 바텐더 일을 일종의 체험학습, 인생강좌 101호실에서 이뤄지는 강의로 인정해준다고 했다. 대신 월요일마다 한 시간 동안 바에서 배운 것을 말하라고 했다. 내가 의미 있는 것을 배우는 한, 학점을 받을 수 있다는 것이다.

"눈을 뜨고 살게. 판단은 유보해. 쓸모 있는 사람이 되게."

학장의 마지막 말이었다.

나는 거의 3년 동안 바텐더로 일했다. 배움은 끝이 없었다. 사람들이 얼마나 바텐더에게 자기 이야기를 하고 싶어 하는지 알게 되었다. 큰 고민이 있는 사람들도 있었지만 때로는 멋진 해결책을 가진 사람들도 있었다.

목사들 가운데 교육과정의 일부로 바텐더 과목 101, 102, 103을 이수한 목사는 많지 않을 것이다. 3년 뒤, 나는 학장에게 좋은 점수를 받고 대학원을 졸업했다. 바텐더 과정을 통과했고, 세상에 대해 많이 알게 되었다.

그런데 학장이 마지막에 당혹스러운 말 한마디를 던졌다.

"자네는 자네가 생각하는 것만큼 좋은 사람이 아니네."

"네?"

"걱정 말게. 인내심을 가져. 시간이 지나면 자네가 생각하는 것보다 좋은 사람이 될 걸세. 눈을 뜨고 살게. 판단은 유보해. 쓸모 있는 사람이 되게."

# 도움받을 자격

졸업하기 몇 달 전, 나는 학업 때문에 바텐더 일을 그만둘 수밖에 없었다. 대학원을 졸업한다고 바로 일자리가 생긴다는 보장도 없었다. 아내와 아기가 있는데, 생애 처음으로 땡전 한 푼 없는 처지가 되니 겁이 났다.

나는 학장을 찾아가 사정을 말하고 도움을 청했다. 그는 다시 한 번 날 놀라게 했다.

"잘됐군. 좋은 소식이야."

"네?"

"자네는 고집스럽고 자신만만한 젊은이야. 지나치게 독립적이지. 그게 나쁘다는 얘기가 아닐세. 하지만 우리는 자네가 언제, 어떻게 다른 사람에게 도움을 청해야 할지 모른다고 생각했다네. 도움을 청하는 게 어떤 건지 모른다면, 어떻게 다른 사람을 도와주는 목사가 되겠나?"

그는 잠시 말을 멈추고, 힘 있는 그 말이 내 마음속에 자리잡을 시간을 주었다.

"우리가 자네를 도와주겠네. 자네는 도와줄 만한 가치가 있어. 그 전에 내가 방금 한 말을 들을 때 기분이 어땠는지 생각해보게. 듣기 좋은 말 아닌가? 우리가 자네를 도와주겠네. 자네는 도와줄 가치가 있어."

학장은 두 번째 가르침을 주었다.

그는 내게 예산을 짜오라고 했다. 비서에게 예산서를 내고 이튿날 오면 수표를 주겠다고 했다.

마음이 놓인 나는 집으로 돌아가 공들여 빠듯하고도 합리적인 예산을 짰다. 예산서를 비서에게 내고 이튿날 수표를 받으러 갔다.

"미안합니다. 학장님이 학생의 예산서를 승인할 수 없다고 하시네요."

비서가 말했다.

기분이 좋지 않았다. 돈을 너무 많이 요구했나 싶어서 물과 빵만 먹고, 집세 내고, 생필품만 살 수 있을 액수로 줄여서 예산을 짰다. 비서에게 예산서를 내고 이튿날 다시 가보았지만, 수표는 없었다.

"미안합니다. 학장님이 학생의 예산서를 아직도 승인할 수 없다고 하시네요."

비서가 말했다.

화가 나고 혼란스럽기도 해서 노크도 하지 않고 학장실 문을 열고 들어가 불만을 쏟아놓았다.

"도와준다고 하셨잖아요. 제가 도울 만한 가치가 있다면서요. 근데 왜 예산을 승인하지 않으십니까? 그보다 적은 돈으로는 살 수 없다는 걸 아시잖아요? 도대체 왜 그러세요?"

학장은 미소를 지으며 말했다.

"좋아, 아주 좋아."

그 말에 나는 새로운 가르침이 있다는 것을 깨닫고 의자에 털썩 주저앉았다.

"이제 흥분이 가셨군. 나와 학교 당국이 자네 예산을 받아들이지 않는 이유를 알고 싶은가?"

"네."

"내 말을 잘 듣게. 자네 예산에는 즐거움을 위한 항목이 하나도 없네. 책, 꽃, 음악, 심지어 시원한 맥주 한 잔 할 돈조차 없어. 그리고 다른 사람에게 나눠줄 돈이 한 푼도 들어 있지 않아. 우리는 자네 같은 가치관을 지닌 사람은 돕지 않네."

즐거움을 위한 항목이라고!

다른 사람에게 나누어 줄 항목이라고!

나 같은 가치관을 지닌 사람은 돕지 않는다고!

세 번째 가르침이었다. 또 배웠다.

새로 짠 예산서에는 즐거움을 위해 쓸 돈을 충분이 넣었고, 학장의 승인도 받았다. 하지만 나는 이 이야기를 다른 사람에게 해주고 나서야 깨달았다. 내가 사람들에게 나눠줄 수 있는 것은 바로 이 이야기 자체라는 것을.

# 먼지에 관하여

이사는 내 이미지를 망가뜨린다. 나는 내가 깨끗하고 단정한 사람이라고 생각하고 싶다. 그런데 가구와 물건을 모두 방에서 들어낸 뒤 두고 가는 것은 없는지 돌아보는 순간, 바닥 여기저기에 가득 쌓인 먼지덩어리가 눈에 들어온다. 책상 뒤에, 책꽂이 뒤에, 침대 뒤에, 서랍장이 있던 구석에도 먼지덩어리가 있다.

회색의 나불거리는 보기 흉한 털투성이 먼지.

저렇게 많은 먼지를 쌓아두고 산 것을 보면, 나는 그리 말끔한 사람은 아닌가 보다. 이웃사람들이 보면 어떻게 생각할까, 어머니가 보면 뭐라 하실까, 그들이 검사하러 오면 어떡하지

하는 생각이 든다. 빨리 청소를 해야겠다고 생각한다. 이사할 때마다 나오는 먼지, 도대체 먼지란 무엇인가?

어떤 연구소가 먼지를 분석했다는 기사를 의학 잡지에서 읽은 적이 있다. 알레르기가 있는 사람들의 고민을 해결하기 위한 연구였는데, 결과를 소개하며 먼지가 무엇인지 알려주었다.

먼지에는 양모, 면, 종잇조각, 죽은 벌레, 음식, 식물, 나뭇잎, 재, 아주 작은 곰팡이홀씨와 단세포동물을 비롯해 뭔지 알 수 없는 자연물질과 유기물질의 찌꺼기가 들어 있다. 그러나 이것은 먼지 성분을 하나하나 열거한 것일 뿐, 먼지는 대부분 다음 두 가지로 구성되어 있다.

한 가지는 사람에게서 떨어져 나온 피부와 머리카락, 다른 한 가지는 지구 대기에 부딪칠 때 부서진 운석조각이다. (농담이 아니다. 매일 몇 톤의 운석이 지구로 떨어진다.) 달리 말하면, 침대와 책꽂이와 서랍장 뒤의 먼지 대부분이 나와 우주 운석이라는 말이다.

어느 식물학자에게서 들은 말로는 먼지덩어리를 병에 담고 물을 부어 햇빛이 비치는 곳에 놓고 씨앗을 심으면 식물이 굉장히 빨리 자란다고 한다. 반대로 그 병을 습하고 어두운 곳에 놓으면 버섯이 자란다고 하니, 그 버섯을 먹으면 별이 보일지도 모르겠다.

만일 먼지를 잔뜩 보고 싶다면, 침대시트를 벗겨 어두운 방에서 힘껏 턴 다음 손전등을 비춰보라. 거기에 여러분이 있다.

할머니집 벽난로 선반에 놓인 둥근 유리공 속의 작은 눈사람처럼 떨어지는 먼지가 보일 것이다. 런던 다리가 떨어지고, 내가 떨어지고, 별들도 떨어진다. 이 세상 모든 것이 떨어진다. 누군가의 말처럼 다시 돌아가기 위해서.

과학자들은 인류가 우주의 별에서 비롯되었다는 이론을 만들었는데, 정말 그런 것 같다. 우리는 별의 먼지다.

나는 저기 책상 뒤에서 조용히 근원으로 돌아간다. 우주의 먼지와 합쳐져 아무도 모르는 미지의 것으로 변한다. 그래서 나는 내 방 후미진 곳에서 일어나는 일에 대해 경건한 마음을 갖는다. 그것은 쓰레기가 아니다. 그것은 여러 가지가 섞인 기름, 우주의 거름이다.

# 인생의 시험

이번 달은 집이 정말 조용하다. 아내가 시험공부를 하고 있기 때문이다. 7년마다 시험에 통과해야 미국 가정의학과 의사협회로부터 자격을 인증받는다. 아내는 의과대학에 입학한 날부터 배운 모든 것을 알고 있어야 한다.

나로 말하자면, 운전면허를 갱신해야 한다는 생각만으로도 공포에 휩싸이는 사람이다. 대학을 졸업한 뒤 시험이라고는 한 번도 본 적이 없다. 시험공부를 하는 사람과 같은 집에 있다는 것만으로도 나는 초조하고 속이 탄다.

하지만 7년마다 자격증을 갱신한다는 것은 참으로 흥미로운 발상이다. 모든 사람이 정규교육을 마치고 10년에 한 번씩 시험을 쳐야 한다면 어떨지 궁금하다. 인류의 한 사람으로서 자격과 실력을 증명해야 한다면, 그리고 시험에 통과하지 못하면 다시 교실로 돌아가 공부해야 한다면 말이다.

사실 말이 된다. 우리가 학교에 다니는 유일한 이유는 무지할 때보다 교육을 받았을 때 나라가 더 잘 산다고 믿기 때문이다. 공동의 선을 위한 것이다. 하지만 학교 교육을 마쳤다고 해서 정말로 남은 것이 있거나 알고 있는 지식을 응용하는 방법을 아는가?

이따금 나는 내가 무지하다는 사실에 질겁한다. 내가 좋아하는 만화 〈피너츠〉에 루시가 찰리 브라운에게 이렇게 묻는 장면이 있다.

"지금 알고 있는 걸 그때도 알았더라면 좋지 않았을까?"

찰리는 잠시 멍한 눈으로 바라보더니 되묻는다.

"지금 내가 아는 게 뭔데?"

생각해보자. 지금 여러분이 알고 있는 것은 무엇인가? 우리가 받은 교육이 옳았음을 증명하고 앞으로도 사람들과 함께 생활하기 위해 서른 살쯤이면 머릿속에 무엇이 들어 있어야 할까?

읽기와 쓰기는 기본이다. 하지만 여기서부터 문제가 있다. 미국 성인의 22퍼센트가 문맹이라는 것을 알고 있는가? 약 4천만 명이 읽기와 쓰기 시험에 통과하지 못할 것이다. 사실이다. 수학의 경우 최소한 덧셈, 뺄셈, 곱셈, 나눗셈, 분수까지는 할 줄 알아야 한다. 대수학은 못해도 된다. 대수학 시험도 쳐야 한다면, 나는 평생 중학교에 다녀야 할 것이다.

그밖에 또 뭐가 있을까? 역사 시험도 봐야 한다. 인류의 경험에서 나온 장기적이고 폭넓은 관점을 잊어버리기 때문에 끊임없이 위험에 빠지는 것이다. 기본적인 국민윤리 시험도 봐야 한다. 유권자 중 38퍼센트만 투표하러 간다니, 민주주의에 대한 재교육이 필요한 사람이 꽤 있다.

서른 살에는 돈, 섹스, 건강, 사랑에 대해서도 확실하게 알고 있어야 한다. 이런 것에 무지하고 어리석으면 평생 큰 슬픔을 겪게 된다.

기초 경제학과 개인의 재정 관리도 시험에 포함해야 한다. 수입과 지출의 균형 잡는 방법을 아는지 검증하는 간단한 예산 세우기 시험 역시 치러야 한다.

서른 살이 되도록 섹스에 대해 알지 못한다면, 다시 학교로 돌아가야 한다. 그리고 기본적인 건강법과 응급처치는 꼭 알고 있어야 한다.

하지만 사랑은 시험에서 빼야 할 것 같다. 우리 대부분이 결코 완전히 이해하지는 못할 것이기 때문이다.

그밖에 또 뭐가 있을까? 윤리, 법, 환경, 과학 지식이 있다. 이런 것들은 모두 깔끔한 사실을 다루는 분야이다. 그렇다면 좀 더 미묘한 분야는 어떨까? 서른 살쯤이면 미술, 음악, 문학에 대해 무엇을 알아야 할까? 정, 명예, 용기, 진실, 아름다움, 행복, 희망, 상상, 지혜, 유머, 죽음에 대해서는 무엇을 알아야 할까? 휴~ 점점 감당할 수 없어진다. 시작할 때는 좋은 생각 같았는데, 질문이 많아지니 벌써 힘들다. 아직 존재에 관한 질문은 다루지도 않았는데 말이다.

왜 '무無'가 아니라, 뭔가가 있는가?

나는 언제 시간이 날 것인가? 그리고 시간이 어디로 가는지 아는 사람은 누구인가?

바다는 얼마나 깊고, 하늘은 얼마나 높은가?

충분한 때는 언제인가?

사람은 무엇을 위해 존재하는가?

죽음 전에 삶이 있는가?

변변치 않은 지식은 오히려 위험하다는 말이 맞는가?

새는 무지개 너머로 날아가는데, 왜 나는 날 수 없는가?

# 소리 지르기

남태평양의 솔로몬 군도에 있는 어떤 마을에서는 독특한 방법으로 나무를 벤다. 나무가 너무 커서 도저히 도끼로 벨 수 없을 때, 마을 사람들은 소리를 질러 나무를 쓰러뜨린다. (기사 내용이 사실인지는 장담할 수 없지만, 이런 기사를 읽었다는 것은 맹세할 수 있다.) 새벽에 특별한 능력을 지닌 남자들이 나무에 올라가 목이 터지도록 나무에 대고 소리를 지른다. 이렇게 30일 동안 하면 나무는 결국 죽어서 쓰러진다. 소리를 질러서 나무의 영혼을 죽이는 원리다. 마을 사람들 말로는 이 방법이 언제나 효과가 있단다.

참으로 불쌍하고 순진한 사람들에다, 참으로 기이한 정글의 마법이다. 나무에 대고 소리를 지르다니, 얼마나 원시적인가. 현대 기술 문명의 혜택을 누리지 못하고 과학적인 사고방식도 없으니 안 된 일이다.

나는 어떤가? 나는 아내에게 소리를 지른다. 전화와 잔디 깎는 기계에 대고 고함을 치고, 텔레비전과 신문과 아이들한테도 소리를 지른다. 심지어 하늘을 향해 주먹을 휘두르며 소리 지르는 사람이라고 소문난 적도 있다.

옆집 남자가 자기 차에다 고함을 친다. 올 여름에는 오후 내내 사다리에 대고 소리 지르는 것을 들었다. 도시에 사는 교육받은 현대인들은 꽉 막힌 도로와 스포츠 심판과 청구서와 은행과 기계를 향해 소리 지른다. 기계와 가족이 고함을 가장 많이 듣는다. 그러나 나무에 대고 소리를 지르는 사람은 없다.

소리를 지른다고 무슨 소용이 있으랴. 소리를 질러도 기계와 사물은 아무 반응이 없다. 발로 걷어차는 것도 언제나 효과가 있지는 않다. 그런데 사람에 관해서는 솔로몬 군도 사람들 말이 맞는 것 같다. 살아 있는 것에게 소리 지르는 일은 영혼을 죽일 수 있다.

막대기와 돌은 우리의 뼈를 부러뜨리지만, 말은 우리의 마음을 부러뜨린다.

## 제3의 조치

아내는 얼마 전부터 내게 건강하게 사는 사람들에 대한 기사를 읽게 하려고 애쓴다.

의사인 아내는 채식주의자에 가깝다. 그녀는 안데스산맥의 1만 2천 피트 고지나 러시아 숲에 고립되어 사는 사람들에게 열광한다. 병아리콩과 자갈을 먹고 하루에 6마일을 걸어서 물을 길어오는 사람들. 이 쭈글쭈글한 노인네들을 보면, 평생 같은 옷을 입고 목욕도 안 하는 것이 장수의 비결이 아닌가 싶다. 이것은 내가 생각하는 오래도록 행복하게 사는 인생은 아니다. 이 노인들은 흉하고 불행하며 지루해 보인다. 나는 그렇게 되고 싶지 않고, 아내가 그렇게 되는 것도 싫다.

나는 장수가 자연분만처럼 과대평가되고 있다는 생각이 든다. 장수든 자연분만이든 둘 다 대단한 일로 여겨지지 않는다. 내가 아는 노인들은 사실 대부분 골칫거리다. 여러분의 성스러운 어머니나 훌륭하신 증조할아버지가 150세까지 어떻게 사셨는지 생각해보라.

나는 '제3의 조치'라는 나만의 계획이 있다.

제1의 조치는 응급처치다. 그러나 응급처치라 할 만한 게 아니다. 본래 응급처치는 위험이 닥쳤을 때 바로 처치를 하는 것인데, 나의 응급처치는 어쩌다 칼에 베일 때 일회용 반창고를 찾아 30분이나 집 안을 돌아다니다가 결국 스카치테이프를 붙이고 마는 것이 고작이다.

제2의 조치는 독감에 걸렸을 때 병원에 가는 것이다. 그러나 의사를 만나러 진료실에 들어갈 무렵이면 이미 독감이 나은 뒤다. 예약하고 기다리면서 잠을 자고, 누군가의 보살핌을 받고, 아스피린을 먹고, 닭고기수프를 먹는 동안 다 낫는다.

제3의 조치는 예방의학을 내 나름대로 해석한 조치다. 그래서 첫 번째 조치와 두 번째 조치는 내게 별로 필요 없다. 아내가 갖고 있는 의학서적을 죽 읽어보았는데, 어떤 응급상황에서든 응급처치는 모두 같았다. 환자를 편안한 곳에 눕히고, 숨을 쉴 수 있게 해주고, 피를 흘리지 않게 하며, 따뜻하고 건조하게 해준다. 이것을 ABC 점검이라고 했던 것 같다. A는 기도를 뜻하는 Airway, B는 피를 뜻하는 Blood, C는 편안함을 뜻하는

Comfort의 약자다.

ABC 점검 외에 플라세보 효과에 대해서도 읽었다. 어떤 조치를 취하든 병의 30퍼센트에서 60퍼센트는 시간을 주고 좋은 생각만 하면 저절로 낫는다. 몸이 알아서 하는 동안 즐기며 기다리라는 것이다. 아플 때 의사가 치료하는 몫은 15퍼센트에 불과하며, 나머지는 몸이 알아서 한다. 그렇지 않으면 죽는다.

여러분이 제3의 조치에 동참하고 싶다면, 이렇게 하면 된다.

우선 여러분의 몸과 머리가 스스로 진찰하고 있다는 사실을 알아야 한다. 아주 중요한 사항이다. 그러니 아프지 않을 때 가끔 한 번씩 누워서 자신을 진찰하라. 먼저 자신에게 다음 세 가지 질문을 한다.

숨을 쉬고 있는가? 피를 흘리고 있는가? 편안한가?

대답이 '예, 아니요, 예'라면 당분간 좀 더 살 것이다.

그러고 나서 다음 질문을 한다.

배가 고픈가? 목이 마른가? 집에 먹을 것이 있는가?

대답이 '예'라면 먹고 마시고, '아니요'라면 먹거나 마시지 마라.

중요한 것은, 꼭 필요하지 않거나 좋지 않다고 알고 있는 것은 하지 말라는 것이다. 어찌어찌하여 하게 되었다면 불평하지 말고 그냥 누워서 입을 다물고 기다린다. 미심쩍을 때는 누워서 낮잠이나 자는 것이 최선의 방법이다.

또한 사람의 몸에 대한 안내서를 읽어라. 우리는 자동차 안

내서는 많이 읽으면서 몸에 대한 안내서는 읽지 않는다. 진료가 성공하느냐 그렇지 못하느냐의 90퍼센트는 의사가 환자에게 관심을 기울이고 환자의 신뢰를 얻느냐 못 얻느냐에 달려 있다는 글을 읽은 적이 있다. 따라서 내가 내 몸에 관심을 기울이고 내 몸을 신뢰한다면, 의사한테 갈 필요가 없다.

하지만 심각한 병에 걸려서 정말로 의사가 필요하다면 어떨까? 내 경우는 의사를 부를지 말지 좀 모호하다. 의사와 같이 살고 있기 때문이다.

우리 대부분은 병원 침대에서 튜브와 철사를 낀 채 죽는다고 한다. 나는 그러고 싶지 않다. 뇌가 가기 전에 몸이 먼저 갔으면 좋겠다. 나는 춤을 추다가 혹은 아주 맛있는 음식을 먹다가 죽고 싶다. 너무 재미있어서 혹은 너무 음식을 많이 먹어서 죽는 경우이고 싶다.

물론 나는 백 살까지 살지 못할 것이다.

내가 백 살까지 살기를 바라는 사람이 있을까.

# 사랑의 모습

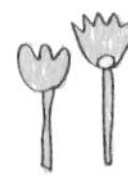

이것은 한때 살았던 집과 사랑에 대한 이야기다.

19세기 말에 지은 낡은 오두막은 길이 끝나는 곳 호숫가에 있었다. 시애틀에서 마차를 타고 울창한 숲을 지나 가파른 언덕을 넘어서 가던 가족의 여름별장이었다. 주변은 사람이 살지 않아 자연 상태 그대로였다. 이것은 지금도 마찬가지다. 벽돌 위에 지은 집 주위에는 검은딸기 덤불과 나팔꽃 덩굴이 무성했다. 지금은 시내에서 몇 분밖에 안 걸리는 거리지만, 그때는 그렇지 않았다. 집 주변은 다람쥐, 토끼, 들고양이 등 들어보기는 했어도 본 적은 없는 동물들의 차지였다.

그리고 너구리, 너구리가 있었다. 아주 큰 놈들이었다. 놈들은 봄마다 하필 우리 집 담장 아래에서 짝짓기를 했다. 그 이유는 신과 너구리 호르몬만이 알 것이다. 또한 하필 새벽 3시에 짝짓기를 했다. 그 이유 역시 신과 너구리 호르몬만이 알겠지. 새벽 3시에 너구리들이 짝짓기하는 것을 보지 못했다면 삶의 가장 놀라운 순간을 경험하지 못했다고 할 수 있다. 그것은 정말 흔치 않은 일이다. 밤에 고양이가 싸우는 소리를 들은 적이 있다면, 그것과 비슷하다고 생각하면 된다. 거기에 음량과 강렬함을 열 배로 높여보라. 흔히 말하는 관능적이고 에로틱한 소리가 아니라, 소방차의 사이렌 소리와 비슷하다.

나는 놈들의 짝짓기를 처음 본 날을 기억한다. 도저히 잠을 잘 수가 없어서 일어났다. 그냥 잠에서 깬 것이 아니라 정말로 벌떡 일어났다. 3피트(약 1미터) 정도나 펄쩍 뛰면서 일어나는 바람에 이불까지 딸려 올라왔다.

마음을 가다듬어 새 아드레날린 수치에 적응한 뒤, 손전등을 들고 밖으로 나가 담장 아래를 들여다보았다. 암컷 너구리와 그 짝이 구석에서 송곳니를 드러낸 채 상대를 향해 으르렁거리고 있었다. 몸은 진흙과 피로 범벅이 되어 조금도 매력적으로 보이지 않았다. 내 존재도, 밝은 불빛도 그들의 본능을 막지 못했다. 으르렁거리고 짖어대고 소리 지르면서 열정적인 만남은 사납게 계속되었다. 내가 보는 앞에서 일은 최고조에 달했고, 마침내 둘은 떨어졌다. 그들은 부끄러움이 없었다. 해야 할 일을 하고는 멍하게 풀어진 눈으로 그곳을 떠났다. 다음에 일어날 알 수 없는 일을 준비하는 의미로 털을 가다듬으며.

나는 비를 맞으며 한참 앉아 있었다. 불빛은 아직도 밀회의 장소를 비추고 있었다. 나는 생각했다. 왜 사랑과 삶은 그토록 큰 고통과 긴장과 지저분함과 함께인가? 여러분에게 묻는다. 왜 그런가?

나는 바로 위 침대에서 자고 있을 사랑하는 아내에 대해, 그리고 우리 두 사람이 냈을 애정 어린 갈등의 소리에 대해 생각했다. 너구리는 남편과 아내가 한밤중에 다투는 소리를 듣고 어떤 결론을 내렸을지 궁금하다.

"당신이 나를 진짜 사랑한다면 목욕탕을 그렇게 지저분하게 쓰지는 않을 거야."

"그래? 그럼 나도 할 말이 있지."

왜 사랑은 쉽지 않은가?

나는 모르겠다. 너구리도 말이 없다.

## 받은 만큼 돌려주기

제2차 세계대전이 끝나고 인도가 영국에서 독립하기 위해 투쟁할 때, 인도에는 메논이라는 중요한 인물이 있었다. 메논은 영국 총독부 시절에 인도인으로는 최고위직에 올랐고, 마운트배튼 경의 의뢰를 받아 인도 독립선언문 최종안을 썼다.

매논은 대부분의 독립운동 지도자와는 달리 자수성가한 인물이다. 그의 사무실에는 옥스퍼드대학교나 케임브리지대학교의 졸업장이 걸려 있지 않았다. 야심을 지원해줄 신분도, 배경도 없었다. 그는 열두 형제의 맏이로 태어나 열세 살에 학교를 그만두고 노동자, 광부, 직공, 상인, 교사로 일했다. 그러다가 사람들을 설득해 인도 정부에서 사무원으로 일하게 된 뒤, 혜성처럼 빠르게 진급했다. 인도인 관리뿐만 아니라 영국인 관리와도 일을 잘하는 뛰어난 재주가 있었기 때문이다. 네루와 마운트배튼은 메논을 가리켜 인도에 실제로 자유를 가져온 사람이라고 극찬했다.

메논은 감정에 치우치지 않고 초연하게 효율적으로 일을 처리하면서도, 개인적으로 자선을 많이 베풀었다는 점에서 특별히 기억할 만하다. 메논이 죽은 뒤, 그의 딸이 메논의 자선에 대한 이런 뒷이야기를 들려주었다.

메논이 정부 일자리를 찾기 위해 델리에 도착했을 때, 기차역에서 돈과 신분증을 비롯해 갖고 있던 소지품을 몽땅 도둑맞았다. 그는 절망에 휩싸였고, 걸어서 집으로 돌아가야 할 처지가 되었다. 자포자기한 그는 어느 나이 든 시크교도에게 처지를 말한 다음, 일자리를 얻을 때까지만 15루피를 빌려 달라고 부탁했다. 시크교도는 돈을 주었다. 메논이 돈을 돌려줄 주소를 묻자, 그는 살아가는 동안 낯선 사람이 곤궁에 빠졌다며 도움을 청할 때 그 돈을 주라고 했다. 낯선 사람에게 도움을 받았느니 낯선 사람에게 베풀라는 말이었다.

메논은 그 빚을 결코 잊지 않았다. 믿음이라는 선물도 15루피도 잊지 않았다. 메논이 죽기 전날에 어떤 거지가 와서 신발이 없어 발이 상처투성이니 샌들 살 돈을 달라고 구걸했다. 메논은 딸에게 지갑에서 15루피를 꺼내어 주라고 했다. 그것이 메논이 의식 있는 상태에서 마지막으로 한 일이었다.

나는 이 이야기를 이름도 모르는 낯선 사람한테 들었다. 그는 뭄바이공항의 수하물 센터에서 내 옆에 서 있었다. 나는 가방을 찾아야 했는데, 인도 돈이 하나도 없었다. 공항 직원은 여행자수표는 받지 않는다고 했다. 짐을 찾아 비행기를 탈 수 있을지 몹시 불안했던 순간이다. 그때 그 낯선 옆사람이 80센트 정도 하는 비용을 대주었다. 내가 어떻게 돈을 갚으면 좋겠느냐고 묻자, 사양하며 메논 이야기를 들려주었다.

그 사람의 아버지는 메논의 보좌관이었고, 메논에게 자선을 배웠으며, 자신의 배움을 아들에게도 물려주었다. 아들은 낯선 사람에게 빚을 지고 있다고 생각하는 전통을 이어나갔다. 이름 모를 어느 시크교도에서 인도 공무원에게로, 그의 보좌관에게로, 보좌관의 아들에게로, 그리고 절망에 빠진 백인 외국인인 나에게로 자비가 베풀어진 것이다. 그 선물은 큰돈이 아니었고, 나 또한 큰돈이 필요하지도 않았다. 하지만 그 선물은 돈의 가치를 떠나 내게 축복받았다는 느낌을 주고, 나도 누군가에게 빚을 지고 있다는 마음이 들게 했다.

나는 착한 사마리아인 이야기를 가끔 떠올리는데, 그때마다 뒷이야기가 궁금하다. 돈을 빼앗기고 얻어맞은 남자에게 착한 사마리아인의 도움이 어떤 영향을 미쳤을까? 남자는 강도의 잔인함을 기억하며 남은 생애를 살았을까? 아니면 이름 모를 착한 사마리아인의 관대함을 기억하고 그 빚을 갚는 마음으로 살았을까? 그는 살면서 만나는 낯선 사람들, 어려운 처지에 빠진 사람들에게 무엇을 전해주었을까?

• • •

이 이야기를 읽은 독자들이 비슷한 이야기를 많이 전해왔다. 자신이 직접 겪은 이야기도 있고, 유명한 사람들이 겪은 이야기도 있었다. 이야기가 사실인지 확인해볼 수는 없지만, 적어도 다음 세 가지는 확실하다.

모든 사람이 자비를 베풀어야 한다고 생각한다.

모든 사람은 자비라는 고리로 연결될 수 있다.

모든 사람이 연민이 담긴 도움의 지속적인 힘을 믿는다.

우리는 이것들만은 진실이기를 바란다. 그리고 정말로 진실이다.

## 선물의 규칙

여러분에게 선물에 관한 법칙을 하나 말해주겠다. 내가 직접 만든 법칙은 아니다. 사무실 크리스마스 파티에서 만난 까다로워 보이는 어떤 남자가 만든 것이다. 그는 구두쇠병이 말기까지 진행된 사람이었다. 그가 사무실의 크리스마스트리 밑에서 정갈하게 포장된 작은 선물을 집어들고 포장을 풀었다. 그러더니 슬픔을 즐기는 듯한 목소리로 특별히 누구를 향해서라고 할 것도 없이 이렇게 말했다.

"중요한 것은 마음이지 선물이 아니라는 말은 진실이 아닙니다. 절대로 진실이 아니에요. 어머니는 그런 말로 날 속였죠. 저는 이제까지 선물 포장을 한 쓰레기를 엄청나게 받았습니다.

사람들은 중요한 것은 마음이라고 보호막을 치면서, 선물을 안 줬다는 소리를 듣지 않으려고 서둘러 작은 플라스틱 싸구려 물건을 사다줬죠. 제가 장담하건대 중요한 것은 선물입니다. 더 정확히 말하자면, 좋은 마음을 가진 사람은 좋은 선물을 줍니다. 그게 법칙이죠. 이게 선물교환의 청동률(황금률에 빗대어 만든 말-옮긴이)입니다."

그러고는 선물을 마치 죽은 바퀴벌레처럼 들고 쓰레기통으로 뚜벅뚜벅 걸어갔다.

글쎄, 그 말이 맞는지도 모르겠다. 그의 법칙은 좀 가혹하고 편안함을 용납하지 않는다. 하지만 크리스마스 정신은 오래전부터 분명히 전해 내려왔다. 이 모든 것을 시작한 하나님은 가장 훌륭한 것을 보내기 위해 신경을 많이 썼다. 그것도 한 번 이상. 동방박사들은 초라한 패물을 갖고 오지 않았다. 산타클로스조차 목록을 만들 때는 두 번씩 점검한다. 그리고 천사들은 반값 세일 같은 것이 아닌 좋은 소식을 갖고 온다.

나는 내가 크리스마스 선물로 무엇을 받고 싶은지 알고 있다. 마흔 살 이후 줄곧 같은 생각이었다. 내가 받고 싶은 선물은 태엽 감는 기계식 장난감이다. 소리 내며 빙빙 돌고 우스꽝스런 짓도 하는 그런 장난감. 배터리로 움직이지 않고 가끔 내가 도와주어야 움직이는 장난감. 어릴 때 갖고 놀던, 양철에 페인트를 칠한 구식 장난감. 그것이 내가 받고 싶은 선물이다. 그러나 아무도 내 말을 믿지 않는다. 다시 한 번 말하는데, 그것이 내가 받고 싶은 선물이다.

그런데 사실 또 내가 진심으로 받고 싶은 선물은 그게 아니다. 내가 바라는 것은 기쁨과 간소함, 어리석음과 환상과 소음, 천사와 기적과 경이와 순수와 마법이다.

말로 설명하기 어렵지만 크리스마스 선물로 정말 정말 정말 바라는 것은 바로 이런 것들이다.

한 시간만이라도 다시 다섯 살짜리 아이가 되고 싶다.

많이 웃고 많이 울고 싶다.

꼭 한 번만이라도 누군가 나를 품에 안은 채 잠들 때까지 흔들어주고 침대까지 안아다주면 좋겠다.

나는 내가 크리스마스 선물로 진정 무엇을 받고 싶은지 알고 있다. 바로 어린 시절을 되돌려 받고 싶은 것이다. 아무도 내게 어린 시절을 되돌려주지 못한다. 하지만 노력한다면 나는 자신에게 어린 시절의 기억을 선물해줄 수는 있을 것이다.

현실성 없는 이야기라는 것을 알지만, 대체 언제부터 크리스마스에 현실성을 따졌단 말인가? 크리스마스는 오래전의 아이, 멀리 사라진 아이를 기억하는 날이요, 지금 내 안에 있는 아이를 만나는 날이다. 여러분과 내 마음속에 있는 아이, 마음의 문 뒤에 서서 신기한 일이 일어나기를 기다리는 아이, 세상 물정에 어둡고 비현실적이고 단순하고 즐거움의 유혹에 넘어가기 쉬운 아이, 양말 속의 선물은 바라지도 필요하지도 않는 아이를 만나는 날이다.

사람들은 좋은 마음이 좋은 선물을 준다고 생각한다. 맞는 생각이다.

# 크레용 폭탄

친한 친구 둘이 아이를 하나 만들어냈다. 아들이다. 내가 아이의 대부가 되기로 했다. 나는 대부의 역할을 아주 중요하게 여겼다.

나는 아이에게 인생의 좋은 것들을 소개해주었다. 초콜릿, 맥주, 시가, 베토벤, 야한 농담 등이다.

아이는 베토벤에는 별로 관심이 없는 것 같았다. 겨우 한 살 반밖에 안 되었으니 당연하다. 맥주, 시가, 야한 농담에 대해서도 관심 없기는 마찬가지다. 그러나 초콜릿은 다르다.

나는 아이에게 크레용도 소개해주었다. 짤막하고 굵은 초보자용 크레용 세트를 아이에게 사주었다. 몇 주마다 한 번씩 아이 손에 크레용을 쥐어주고 어떻게 그림을 그리는지 보여주었다. 그러나 아이는 크레용을 손에 꼭 쥐고 나를 쳐다보기만 했다. 그러다 뚫린 구멍을 다 채우려는 단계에 들어서자 아이는 크레용을 입, 귀, 코로 가져갔다.

지난주에 내가 아이의 손을 꼭 잡고 크레용으로 신문지에 빨간 줄을 긋자, 아이는 비로소 터득했다. 아이 머릿속에 있는 새 방에 불이 켜졌다.

'그래!'

아이는 혼자서 크레용으로 칠하고 또 칠했다. 수없이 칠하고 또 칠했다. 아이가 벽에 크레용 칠하는 것을 멈추지 않는다고 아이 엄마가 기쁨과 걱정 섞인 목소리로 말했다. 언제 어디서든 크레용을 갖고 놀려고 한다는 것이다.

크레용에 상상력(이미지를 만들어내는 능력)을 더하면 행복이 만들어진다. 여러분이 아이라면 말이다. 크레용은 참으로 놀라운 물건이다. 석유로 만든 왁스, 염료, 약간의 접합물질이 크레용의 전부이고 특별한 것은 없다. 상상력을 더하기 전까지는 말이다.

펜실베이니아에 있는 크레용 회사 비니에서는 매년 기름으로 만든 즐거움의 막대기를 20억 톤이나 만들어 미국 전역에 판다. 크레용은 인류가 공통으로 갖고 있는 몇 안 되는 물건 가운데 하나다. 초록색과 노란색으로 된 크레용 상자는 1937년 이래 변함이 없다. 유일한 변화는 크레용의 '살색'이라는 이름이 '살구색'으로 바뀐 것이다. 이것은 진보의 표시다.

아이에게 초보자용 크레용 세트를 사주면서 내게 기쁜 일도 했다. 내가 쓸 크레용 세트도 하나 산 것이다. 큰 상자를 열면 64색의 크레용이 네 칸으로 나뉘어 담겨 있고 크레용 깎기까지 들어 있다. 나는 나만의 크레용 세트를 가져본 적이 없었다. 한 세트를 통째로 갖기에는 나이가 너무 어리거나 너무 많거나 둘 중 하나였다. 내친김에 몇 세트를 더 샀다. 한 세트는 아이 부모에게 주며 아이 것이 아니라 부모 것이라고 설명했다. 멋진 선물이었다.

한 가지 알게 된 점은 크레용을 선물 받으면 어른이나 아이나 약간 이상해진다는 것이다. 아이들은 미소를 지으며 얼굴이 환해진다. 크레용을 다 쏟아놓고 곰곰이 들여다본다. 그러고는 가장 가까운 데 있는 평평한 곳을 골라 크레용을 칠한다. 그려보라고 말만 하면 뭐든 다 그린다.

어른들은 예외 없이 기쁨과 향수와 천진난만함이 섞인 아주 아름답고 수줍은 미소를 띤다. 그러고는 즉시 크레용에 얽힌 경험을 털어놓기 시작한다. 처음 크레용 세트를 갖게 된 날 색이란 색은 다 칠해보고 부러뜨리기도 하고 다시 줄을 맞춰 상자 안에 넣은 일, 여러 개를 한꺼번에 쥐고 그려본 일, 녹나 안 녹나 보려고 뜨거운 물건 위에 올려놓은 일, 종이처럼 얇게 잘라본 일, 유리 위에 놓고 다려서 색유리를 만든 일, 먹어본 일 등을 이야기한다. 어른들을 위한 재미있는 파티를 열고 싶다면 초대한 사람들에게 칵테일과 크레용을 같이 줘봐라.

순전히 부피만 따져본다면, 크레용으로 그린 그림은 다른 어떤 재료로 그린 그림보다 많다. 이 세상에 있는 수십억 개의 상자, 벽장, 다락방, 옷장 안에 크레용으로 그린 그림이 수십억 장 들어 있을 테니까. 낮은 곳이든 높은 곳이든 인간의 상상력이 강물처럼 흘러나와 만들어진 그림들. 대통령도, 수상도, 장군도 생애 어느 때에는 크레용을 갖고 놀았다.

다음번 비밀 무기로 크레용 폭탄을 개발하면 어떨까? 행복의 무기. 아름다움의 폭탄. 위기 때마다 다른 무기를 사용하기 전에 먼저 크레용 폭탄을 떨어뜨리는 것이다. 폭탄이 하늘 높은 곳에서 부드럽게 폭발하면 수천, 수백만 개의 작은 낙하산이 펼쳐진다. 그러고는 천천히 땅으로 내려온다. 바로 크레용 상자들이다. 그것도 8색밖에 없는 싼 크레용 세트가 아니라 64색에 크레용 깎기까지 든 제대로 된 세트다. 은색, 금색, 구리색, 빨간색, 복숭아색, 라임색, 호박색, 적갈색까지 있다. 사람들의 얼굴에는 미소가 번지고 재미있는 표정이 떠오른다. 사람들은 세상을 죽음 대신 상상으로 채운다. 이 폭탄을 만지는 아이들의 손이 떨어져나가는 일은 없을 것이다.

이상한 소리로 들릴지도 모르겠다. 바보스럽고 미친 것 같기도 하고 순진하고 괴상하게 여겨질 수도 있다.

하지만 이것만은 분명히 하고 싶다. 하늘에서 퍼부으려고 엄청난 돈을 쓰며 개발한 끔찍한 무기들을 생각해보면, 그 무기들이 어떤 일을 하는지 생각해보면, 무엇이 괴상하고 미치고 이상한 일인지 분명해진다. 또 낮은 곳이든 높은 곳이든 상상력이 부족하거나 상상력이 필요하다는 점도 분명하다. 우리는 더 잘할 수 있다. 더 잘해야 한다.

크레용보다 훨씬 나쁜 것들을 사람들에게 떨어뜨릴 수 있는 세상이다.

## 하늘을 날다

200년도 훨씬 전인 1783년 6월 넷째 날, 파리에서 멀지 않은 아노네 마을 장터에서 있었던 일이다. 높이 세운 단에서는 젖은 지푸라기와 낡은 양모더미를 태운 모닥불 연기가 피어오르고, 그 위로 지름 33피트의 거대한 태피터로 만든 열기구가 줄에 팽팽히 묶여 있었다. 유명인들과 수많은 사람의 커다란 환호를 받으며 열기구는 줄을 끊고 당당하게 정오의 하늘로 날아올랐다. 열기구는 6천 피트까지 올라갔다가 몇 마일 떨어진 들판에 내려앉았다. 들판에 있던 농부들은 열기구를 악마의 물건이라 생각하고 갈기갈기 찢어버렸다.

이것이 열기구의 첫 공식 비행이자, 인간 비행사의 첫걸음이었다. 그 자리에는 벤저민 프랭클린이 신생 미국의 외교관 자격으로 참석해 있었다. 열쇠, 연, 피뢰침, 이중초점 렌즈, 인쇄기 발명으로 유명한 사람 말이다. 옆에 있던 구경꾼이 열기구가 무슨 소용 있느냐고 묻자, 프랭클린은 길이 남을 대답을 했다.

"갓난아기는 무슨 소용 있나요?"

호기심과 상상력이 풍부한 그는 자신의 질문에도 대답할 수 있었다. 그는 이렇게 썼다.

"이 기구는 인류에게 하늘을 열어줄 것이다."

농부들의 생각 또한 틀리지는 않다. 아노네 마을에는 기구가 악의 전령이었다. 훗날 아노네 마을은 하늘에서 떨어지는 폭탄에 짓밟혔으니까.

6월의 그날이 있기 몇 달 전 어느 날 저녁, 조제프 미셸 몽골피에는 벽난로를 바라보며 앉아 있었다. 타오르는 불꽃과 굴뚝으로 올라가는 연기를 지켜보았다. 그의 상상력이 연기와 함께 피어올랐다. 연기가 하늘로 올라가니, 연기를 잡아서 자루에 담으면 그 자루도 올라가지 않을까? 그 자루에 물건을 매달거나 사람을 태울 수도 있겠지?

그는 40대 중반에다 부유한 제지업자의 아들이었고 18세기의 종교인 과학을 신봉했다. 또한 시간의 여유가 많았으며, 명석하고 성미가 급했다. 그는 차분한 동생 에티엔과 함께 아버지 공장의 재료로 실험을 시작했다. 처음에는 종이봉투, 그 다음에는 비단주머니, 마지막으로 나무진을 입힌 태피터 자루를 이용했다. 마침내 어느 날 베르사유 정원에서 양 한 마리, 수탉 한 마리, 오리 한 마리를 실은 기구가 하늘 높이 떠올랐다. 동물 세 마리가 모두 살아 돌아옴으로써 하늘에 독가스가 없다는 것이 밝혀졌다.

몽골피에 형제를 가장 열렬히 도운 사람은 장 프랑수아 필라트르 드 로지에라는 젊은 화학자였다. 그는 기구를 만드는 것보다 기구를 타고 하늘로 날아오르길 바랐다. 몽골피에 형제의 관심은 과학 실험에 있었다. 나이가 있고 현명한 그들은 땅에 머무르려는 사람들이었다.

필라트르는 날고 싶었다. 그는 젊은이의 모험심으로 가득 차 있었다. 그해 가을, 1783년 11월 21일에 필라트르는 드디어 꿈을 이루었다. 오후 1시 54분에 불로뉴 숲에 있는 라뮈에트 궁전 정원에서 12궁도와 왕의 이름 첫 글자를 새긴 7층 높이의 화려한 기구를 타고 높이 높이 올라갔다. 나무 꼭대기보다 더 높이, 교회 첨탑보다 더 높이 올라갔다가 5마일 떨어진 센강 건너편으로 내려왔다.

몽골피에 형제는 오랫동안 생산적이고 과학자다운 삶을 살았다. 둘은 안전하게 땅에 있는 자기 침대에서 죽었다. 젊은 필라트르는 역사적인 비행을 한 지 2년 뒤에 기구를 타고 영국해협을 서쪽에서 동쪽으로 건너다가, 기구에 불이 나는 바람에 추락사했다. 그러나 그의 손자의 손자는 프랑스 최초의 조종사가 되었다.

이것은 무엇에 대한 이야기일까? 바로 상상력의 힘과 대가에 대한 이야기다. 아인슈타인은 "상상력은 지식보다 중요하다."라고 말했다.

이 이야기는 상상력이 풍부한 사람들이 서로의 어깨를 딛고 있음을 보여주기도 한다. 땅에서 기구를 띄우고, 다음에는 기구에 사람을 태우고, 다음에는 사람을 달에 보내고……. 그렇다. 우리 가운데 몇몇은 땅에 머물면서 밧줄을 잡고, 불을 피우고, 꿈을 꾸고, 기구를 띄우고, 비행을 지켜본다. 다른 몇몇은 하늘을 향해, 먼 곳을 향해 날아간다.

이런 것들이 아이들이 한 과정을 끝내고 다음 단계로 갈 때가 되면 늘 머릿속에 떠오른다. 고등학교를 떠나고 대학교를 떠나고 부모의 품을 떠날 때 아이들에게 무엇을 줄 것인가? 상상력과 축복과 위로 밀어주는 것.

우리는 말한다.

"이리 와봐."

"맨 끝으로 와봐."

"보여주고 싶은 게 있어."

아이들은 말한다.

"무서워요."

"굉장히 신나요."

우리는 말한다.

"끝으로 와봐."

"너의 상상력을 펼쳐봐."

아이들이 와서 본다. 우리는 밀어준다. 아이들은 날아간다. 우리는 그 자리에 있다가 땅에 있는 침대에서 죽는다. 아이들은 떠나가서 다른 이들이 끝을 넘어 날도록 도와준 다음 죽을 것이다.

이런 것들은 인생의 중반에 다다른 내게도 찾아온다. 나 역시 오랫동안 보람 있게 살다가 땅에 있는 내 침대에서 안전하게 죽고 싶다. 그러나 아노네 마을에서 작은 사건이 일어난 날이 공교롭게도 내 생일과 같은 날이다. 그래서 200주년이 되는 날, 나는 라코너의 작은 스카짓 밸리 마을 근처 들판에서 하늘로 올라갔다.

하늘을 날기에 너무 늦은 때란 결코 없다!

# 내가 알고 있는
# 작은 천사들

# 2부

신이 한 가지 소원을 들어주기로 했다.
그는 자기도 모르는 사이에
좋은 일을 하게 해달라고 했다.
신은 그 소원을 들어주었다.
그러고 나서 아주 좋은 생각이라고 여겨
모든 사람들에게 그 소원을 들어주었다.
그렇게 해서 오늘날까지 이어져오고 있다.

ALL I REALLY
NEED TO KNOW
I LEARNED
IN KINDERGARTEN

# 라마를 찾다

일라이어스 슈워츠는 구두를 수선하는 사람이다. 키가 작고 통통하며 대머리인 데다 홀로 사는 중년의 유대인이다. 자신은 '구식 구두장이'라며, 그 이상도 그 이하도 아니라고 말한다. 그러나 나는 우연한 일을 계기로 그가 하이호 라마의 145번째 화신이라고 확신하게 되었다.

하이호 라마는 1937년에 죽었다. 그 뒤 사스캬 사원의 승려들은 40년 동안이나 그의 화신을 찾아다녔지만 아직 찾지 못했다. 작년 〈뉴욕타임스〉에 하이호 라마에 관한 기사가 실렸다. 그 내용에 따르면, 라마는 소박하고도 신비로운 방법으로 지혜로운 말을 하고 지혜로운 일을 행하며 다닌다고 한다. 또한 라마는 이유를 모르면서 신의 뜻을 행하는데, 이런 사람은 찾아낼 만한 가치가 있다고 한다.

내가 그 사람을 찾았다. 우주 공간에서의 설명할 수 없는 오류로 인해 하이호 라마가 일라이어스 슈워츠로 환생한 것이다. 나는 그렇다고 굳게 믿는다.

낡은 구두를 수선하러 갔을 때 그가 라마라는 첫 번째 단서를 얻었다. 그는 아주 세심하게 구두를 살펴보더니 안타까운 목소리로 이 구두는 수선할 가치가 없다고 말했다. 반가운 말은 아니었지만 나는 그 판단을 받아들였다. 그는 구두를 집어 들고 가게 뒤편으로 사라졌다. 나는 무슨 일인지 궁금해 하며 기다렸다. 잠시 뒤 그는 갈색 봉투에 구두를 담고 잘 봉해서 가져왔다. 가져가기 좋게 해주려고 그러나 보다고 생각하면서.

그날 저녁 집에 와서 가방을 열었는데 안에는 선물과 쪽지 한 장이 들어 있었다. 구두 한 짝마다 종이에 싼 초콜릿과자가 하나씩 들어 있었고, 쪽지에는 이렇게 쓰여 있었다.

아무 가치가 없는 일에도 잘하지 않을 가치는 있습니다.
이 말을 잘 생각해보세요.

-일라이어스 슈워츠 드림

하이호 라마가 다시 나타나는 순간이었다. 그러나 승려들은 계속 환생한 라마를 찾아다녀야 할 것이다. 왜냐하면 나는 결코 말하지 않을 테니까. 앞으로도 라마를 만날 수 있는 행운을 놓치고 싶지 않으니까.

# 천사는 있다

"이 책에 나오는 이야기가 사실입니까? 이 책에 나오는 사람들이 실존인물입니까?"

간단하게 대답하면 "예."이고, 좀 복잡하게 대답하면 "나는 이야기꾼이지 취재하는 기자가 아닙니다."라고 할 수 있다.

스튜에 양념을 넣으면 맛이 좋아지듯, 좋은 이야기에 사실을 몇 가지 더해 더 좋은 이야기로 만들 때가 있다. 웃음을 주기 위해 약간 과장도 한다. 가끔은 비슷한 두 이야기를 하나의 더 나은 이야기로 묶는다. 이 과정에서 진실을 위해 사실이 희생되기도 한다. 내 글에 등장하는 사람들을 보호하기 위해서 이름을 비롯해 세세한 특징까지 바꿔야 할 때도 있다. 유명해지기를 바라지 않는 사람도 있기 때문이다. 〈라마를 찾다〉가 그런 경우다.

〈라마를 찾다〉는 사실을 다룬 이야기다. 하지만 실존인물인 구두장이가 자신에 대한 사실을 밝히기를 완강하게 거부했다. 마땅히 해야 할 일을 했는데 그 일 때문에 명성을 얻는 것은 옳지 않다고 여겼기 때문이다. 그는 이름도 밝히지 말고 가게가 어디 있는지도 말하지 말아 달라고 부탁했다. 그래서 나는 '일라이어스 슈워츠'라는 가명을 만들어냈다. 아주 잘 맞는 이름이라고 생각한다. 왜냐하면 그의 본명이 진짜라고 믿을 수 없을 '엘리 에인절Eli Angel'이기 때문이다.

엘리가 세상을 떠났으니, 이제는 편한 마음으로 그의 본명을 그대로 밝히고 나머지 이야기도 해줄 수 있게 되었다.

엘리는 로도스섬에서 태어난 유대인이고 그리스정교회 신자였다. 정규교육은 제대로 받지 못했지만, 그를 아는 모든 사람들은 그가 학식이 있다고 생각했다. 그는 그리스어, 에스파냐어, 프랑스어, 히브리어, 영어로 의사소통을 할 수 있었다. 역사와 철학과 신학에도 박식했다. 마음이 넓어 이민자들이 정착하는 것도 도와주었다. 시애틀에 있는 동네에서 소소한 친절을 베풀었기 때문에 동네 사람들의 존경을 받았다. 그는 착한 일을 하면 복을 받는다고 믿었다. 그가 세상을 떠난 날 교회는 발디딜 틈 없이 꽉 찼다. 사람들은 그를 바른 사람, 존경할 만한 사람이라고 불렀다.

그런데 내 아내가 엘리의 부인인 레이첼과 아는 사이였다. 비밀을 잘 지키는 내 아내는 자신이 엘리의 주치의라는 사실을 내게 말하지 않았다. 엘리가 세상을 떠난 뒤, 어느 날 레이첼이 아내를 찾아와 몹시 고통스러운 심경을 토로했다. 아내는 그녀의 고통을 지켜보다 못해 《내가 정말 알아야 할 모든 것은 유치원에서 배웠다》에 실린 〈라마를 찾다〉 이야기를 들려주었다. 이미 수백만 명이 엘리에 대해 알고 있으며 진짜 이름만 모른다고도 말해주었다. 레이첼은 내 아내의 얘기를 듣고 잠시 남편에 대한 추억에 잠기더니, 이내 보고 싶어하면서 더 많은 사람들이 남편에 대해 알았으면 하는 바람을 품게 되었다. 엘리가 베푼 친절이 그의 아내에게 위안으로 돌아온 것이다.

수리하지도 않을 구두 안에 과자를 넣어주었듯, 보상을 바라지 않고 좋은 일을 하는 것이 엘리의 특기였다. 유대인은 이런 행동을 가리켜 '미츠바mitzvah'라고 부른다.

얼마 전 레이첼도 세상을 떠났다. 이제 더 많은 이야기를 해줄 수 있을 것 같다.

엘리가 레이첼을 만났을 때, 둘은 첫눈에 사랑에 빠졌다. 엘리는 만난 지 이틀 만에 청혼했지만. 레이첼은 거절했다. 왜였을까? 레이첼이 암환자였기 때문이다. 암 때문에 아이를 낳지 못하고 오래 살지도 못할 상태였다고 한다. 하지만 엘리는 결혼하자고 버텼고, 언제가 마지막이 되든지 마지막까지 사랑하겠다고 맹세했다. 둘은 사랑을 방패 삼아 임박한 운명을 막으며 결국 결혼했다. 사랑은 네 아이를 낳게 했고, 두 사람이 함께 늙어가게 했다. 레이첼도 엘리를 따라 미츠바를 행했다. 남들이 알아주지 않아도 좋은 일을 하는 공모자였다.

얼마 전에 엘리 가족과 이야기를 나누면서 이 사실을 알게 되었다. 엘리의 아들 레이먼드가 할아버지와 아버지의 뒤를 이어 구두수선 가게를 운영하는데, 동네 사람들은 한때 아버지에게 그랬듯 아들에게도 진정한 사람, 가치 있는 사람이라고 입을 모은다. 나는 그가 인내심과 관심을 갖고 손님을 대하는 것을 직접 보고 느꼈다. 미츠바를 행하는 또 한 사람이라는 생각이 들었다. 레이먼드의 누이, 딸과도 이야기를 나누었고 기사를 모아둔 공책도 보았다. 이들은 엘리와 레이첼이 아직도 살아서 동네를 돌보고 있는 듯이 말했다. 자리를 뜨며 이런 생각이 들었다. 모든 사람이 악한 것은 아니며, 세상이 전부 지옥으로 변하지는 않을 것 같다고. 깨달음을 얻고서 축복받은 기분으로 그들과 헤어졌다.

전도사 빌리 그레이엄은 "천사는 진짜로 있다. 우리가 보지 못할 뿐."이라고 했는데, 그 말은 틀리다. 나는 진짜 천사가 어디 있는지 안다. 두 눈으로 똑똑히 보았으니까. 어떤 천사는 신발도 고치고 영혼도 고쳐준다.

# 1인 합창단

크리스마스를 며칠 앞둔 어느 일요일 오후였다. 비가 오고 바람이 불고 추웠다. 어두침침한 겨울날이었다. 안 그래도 많은 일은 끈덕지게 퍼져가는 곰팡이처럼 점점 더 많아졌다. 기분은 별로고, 몸 상태도 저조했다. 오늘의 운세는 조심하라고 충고했다. 일요일 신문에는 매일 외우는 기도문처럼 어김없이 돈, 죽음, 파괴 기사가 실렸다. 위안과 기쁨이 담긴 소식은 어디에 있단 말인가!

축복받은 주일의 이 거룩한 시간은 문을 쾅쾅 두드리는 소리에 깨졌다. 무슨 일이지? 깊은 한숨이 나왔다. 어떤 나쁜 소식이라도 받아들이겠다고 각오하며 문을 열었는데, 당황스러웠다. 싸구려 산타클로스 가면을 쓴 작은 사람이 큰 갈색 종이봉지를 들고 서 있었다.

"장난치는 거 보실래요, 아니면 초대하실래요!"

산타클로스 가면은 이렇게 소리쳤다.

나는 말문이 막힌 채 이 도깨비를 내려다보았다. 그는 나를 향해 봉지를 흔들었고, 나는 아무 말 못하고 지갑에서 1달러를 꺼내 봉지에 넣었다. 도깨비가 가면을 벗으니, 얼굴 가득 10달러짜리 미소를 짓고 있는 아시아계 아이가 나타났다.

"캐럴 좀 들으실래요?"

아이가 억양 없는 서툰 영어로 물었다.

나는 그제야 아이를 알아보았다. 작년에 퀘이커(조지 폭스의 영적 체험과 평화 운동에 기원을 두고 발생한 개신교계 종교) 교도들의 도움으로 이 동네에 살게 된 집의 아이였다. 보트피플boat people. 베트남 사람들인 것으로 아는데, 피난민들이었다. 아이는 지난 할로윈데이에 형제자매들과 우리 집에 찾아왔고, 내가 봉지를 채워주었다. 이름은 홍덕이고, 나이는 아마 여덟 살쯤 되었을 것이다. 할로윈데이 때는 가운을 입고 머리에 행주를 둘러서 마치 동방박사 같았다.

"캐럴 좀 들으실래요?"

나는 개구쟁이 피난민 소년들이 수풀 속에 숨어 있다고 생각했다. 대장이 선창하면 나타나 함께 목이 터져라 8중창을 할 것이라고 상상하며 고개를 끄덕였다.

"그래라, 합창단은 어디 있니?"

"바로 저예요."

아이가 말했다. 그러더니 목청껏 빠르게 〈징글벨〉을 부르기 시작했다. 이어서 〈들어라, 가난한 천사들이 노래한다〉인 듯한 노래를 열정적으로 불렀다. 마지막으로 〈고요한 밤 거룩한 밤〉을 부드럽고 경건하게 불렀다. 아이는 머리를 젖히고 눈을 감고서 마음속에서 우러나오는 목소리로 마지막 소절 "아기 잘도 잔다."를 짙어가는 어둠 속으로 쏟아냈다.

그의 노래에 눈시울이 뜨거워지고 할 말을 잃은 나는 지갑에서 5달러를 꺼내 종이봉지에 넣었다. 아이는 답례로 주머니에서 지팡이사탕을 꺼내 반을 자르더니 장엄하게 주었다. 아이는 10달러짜리 웃음을 짓고는 돌아서 뛰어가며 이렇게 소리쳤다.

"하나님의 축복이 함께하기를 빌어요!"

아이는 또 소리쳤다.

"장난치는 거 보실래요, 아니면 초대하실래요!"

그러고는 사라졌다.

가면을 쓴 그 아이는 누구인가? 홍덕, 이 집 저 집 돌아다니며 크리스마스를 전해주는 1인 성가대.

내가 크리스마스를 불편하게 느낀다는 것을 고백한다. 내게 크리스마스는 이제까지 별 의미가 없었다. 크리스마스는 비현실적이다. 산타클로스에 대한 이야기를 들은 뒤 나는 쭉 마음속으로 비웃었다. 사슴 한 마리가 끄는 썰매를 타는 노래라니,

웃기다. 그런 썰매는 타보기는커녕 본 적도 없다. 모닥불을 피워놓고 밤을 구워 먹은 적도 없다. 밤 한 톨이 있다 하더라도 어떻게 굽는지 모른다. 해본 사람들 말로는 별로 대단한 것도 아니란다. 이곳저곳 돌아다니는 동방박사들은 나의 의구심을 불러일으켰고, 양들과 함께 일생을 보내는 목동들도 좀 이상하다. 나는 천사가 나는 것을 본 적도 없고, 새 왕이 태어나는 일도 흥미 없다. 차라리 누군가 대통령으로 나온다면 그를 받아들이겠다. 아기와 사슴은 냄새가 난다. 가까이 있어봤기 때문에 잘 안다. 베들레헴의 작은 마을은 지금 전쟁 중이다.

여태까지 본 적도 없고, 한 적도 없고, 원하지도 않았던 것에 대해 노래 부르는 것. 한 번도 경험해보지 못한 화이트 크리스마스를 꿈꾸는 것. 크리스마스는 현실적이지 않다. 그러나, 그러나……. 나는 크리스마스를 믿기에는 너무 나이 들었고, 크리스마스를 단념하기에는 너무 젊다. 빠져들기에는 너무 냉소적이고 멀리하기에는 너무 아쉽다.

장난치는 거 보실래요, 아니면 초대하실래요!

문을 닫은 뒤, 나는 병적인 흥분 상태 비슷한 기분에 젖어들었다. 웃음과 눈물로 뒤범벅되고, 크리스마스가 다시 한 번 내게 왔다는 것을 알게 되자 이상한 기분마저 들었다. 나의 한겨울 오두막집 굴뚝으로 홍덕이라는 성자가 내려온 것이다. 아이는 크리스마스와 할로윈데이의 풍습을 혼동하고 있었지만, 크리스마스의 참뜻만은 아주 분명하게 알고 있었다. 바로 놓을 것은 놓아버리고 축제를 즐기라는 것, 어디에 있든 자신의 모든 것을 갖고 크리스마스 속으로 뛰어들라는 것이다.

합창단은 어디 있니? "제가 합창단이에요." 아이가 말했다. 크리스마스는 어디 있는가? 나 스스로에게 묻는다. "내가 크리스마스다." 하는 메아리가 들려온다. 내가 크리스마스다. 머리를 젖히고 눈을 감고 용기를 내서 부를 수 있는 노래는 무엇이든 목청껏 부른다.

먼 옛날 하나님은 세상 사람들에게 희망과 기쁨을 알리려고 별이 빛나는 어느 날 밤에 한 아이를 보냈다고 한다. 난 이 이야기를 믿을 자신은 없다. 또 2천 년 동안 이 이야기에 쌓아올려진 많은 이야기를 믿을 자신도 없다. 하지만 집집마다 돌아다니며 "장난치는 거 보실래요, 아니면 초대하실래요!" 하고 소리치던 1인 합창단 홍덕이 있다는 것은 믿는다.

나는 묘한 운명의 장난에 의해 기쁨과 희망을 노래하는 합창단을 만나게 되었다.

한 아이를 통해 크리스마스에 초대받은 것이다.

# 한여름 밤의 축제

아이다호주의 와이저에서 일주일을 보낸 적이 있다.

이 말이 아마 의아할 것이다. 아이다호주 지도를 본 사람이라면, 지도에 와이저라는 곳은 없다는 사실을 알고 있을 테니까. 하지만 바이올린을 연주하는 사람들에게는 아이다호주의 와이저가 우주 중심과 마찬가지다.

6월 마지막 주가 되면 이곳에서는 전국 규모의 바이올린 대회가 열린다. 나도 바이올린을 꽤 켜는지라 거기에 참가했다.

이곳은 4천 명이 사는 마을이지만, 대회가 열리는 동안에는 숲과 나무와 언덕에서 5천 명이 더 쏟아져 나온다. 시내는 24시간 문을 열고, 거리에서는 사람들이 바이올린을 켜고, 군인협회

관에서는 춤판이 벌어지고, 엘크스 로시 별장에서는 닭을 튀겨 먹고, 로데오 경기장에서는 무료로 야영할 수 있다.

전국 방방곡곡에서 사람들이 몰려온다. 텍사스의 포츠버러, 오클라호마의 세풀파, 미네소타의 시프 리버 폴스, 캔자스의 콜드웰, 몬태나의 스리포크스, 심지어 일본과 아일랜드, 캐나다의 노바스코샤에서도 온다.

예전에는 짧은 머리에 멜빵바지와 바둑판무늬 셔츠를 입은 아주 평범한 시골 사람들이 축제에 많이 참가했다. 그런데 언제부턴가 머리를 길게 기른 히피 괴짜들이 나타났다. 문제는 이들이 바이올린을 기막히게 켠다는 것이다. 여기에선 바이올린 솜씨가 전부다. 그래서 주최 측에서는 중학교 교실과 운동장을 이 괴짜들에게 내주었다. 심사위원들은 따로 떨어져 음악만 들을 수 있는 방에서 심사를 했다. 심사위원인 어느 노신사는 이런 말을 했다.

"자네가 옷을 벗고 있든 코에 뼈를 끼우고 다니든 상관없네. 바이올린만 잘 켜면, 그것으로 족해. 중요한 것은 음악이니까."

그리하여 나는 아이다호주의 와이저에서 한밤중에 달빛을 받으며 바이올린을 켜고 노래를 부르는 1천 명의 사람들 틈에서 있게 되었다. 대머리도 있고, 무릎까지 머리를 기른 사람도 있었다. 마리화나를 피우는 사람, 맥주병을 들고 다니는 사람, 구슬목걸이를 한 사람, 아치 벙커(인기 시트콤 등장인물—옮긴이) 티셔츠를 입은 사람도 있었다. 열여덟 살도 있고, 여든 살도 있고, 코르셋까지 입은 여자, 브래지어도 안 한 여자도 있었다.

음악은 평화와 선의의 신들이 있을 저 밤하늘 속으로 향처럼 피어올랐다. 사람들 틈에 선 내게 옆에서 밴조를 뜯던 순수하고 성실한 그곳 경찰관이 이렇게 말했다.

"가끔은 세상이 참 좋은 곳 같아요. 그렇지 않나요?"

정말 그렇다.

내 이야기를 못 믿겠다는 사람은 직접 가보시기 바란다. 와이저는 여전히 거기에 있고, 축제도 계속 열리며, 그곳 사람들은 여러분의 외모가 어떻든 상관하지 않는다. 중요한 것은 음악이다.

# 오래된 비밀

전직 고등학교 교사였던 나는 종종 졸업생 모임에 초대받는다. 또 때로는 졸업생 한 명과 아주 개인적으로 만날 때도 있는데, 지난주에 그랬다. 한 학생이 동창회에 참석하러 온 참에 내게 전화를 했다.

"같이 커피 한잔할 수 있을까 해서요. 가슴에 쌓인 것도 풀어야 하고요."

그가 전한 이 고백은 아주 오래된 수수께끼를 풀어주었다.

그는 고등학교 졸업반이던 해 어느 일요일 오후 우리 집으로 전화해서, 내가 목사라는 것을 알고 있으니 급한 종교적 질문에 답을 해달라고 했다. 순간 머릿속으로 여러 가지 심각한 일이 스쳐 지나갔다.

“말하게.”

“선생님, 성경책에 묻은 토한 흔적을 어떻게 없애는지 아세요?”

“뭐라고?”

“끔찍해요. 지금 다 설명드릴 수는 없고, 어쨌든 오늘밤 어머니가 오시기 전에 어떻게든 해야 해요.”

나는 그를 도와줄 수 없었다. 신학교에 다녔어도 그런 것까지는 모른다. 내가 소심하다는 것을 인정한다. 나는 이런 골치 아픈 일은 피하고 싶은 신중한 사람이다.

다음 날 그에게 무슨 일이었는지 물었지만, 그는 ‘알고 싶지 않으실 것’이라며 대답을 피했다.

그리고 10년이 흐른 지금 진실이 밝혀졌다. 당시 그는 부모님이 주말에 집을 비우자, 하지 말라고 한 바로 그것을 했다. 친구들을 데려와 파티를 열었고, 파티에는 당연히 맥주도 있었다. 술을 너무 마신 한 여학생이 어머니방으로 가서 침대에 누웠는데 구토증이 났다. 침대에 토하지 않으려고 고개를 옆으로 돌리다보니, 침대 옆에 놓인 작은 탁자에 토하게 되었다. 탁자 위에는 어머니의 성경책이 펼쳐진 채로 놓여 있었다.

파티의 증거는 전부 없앨 수 있었다. 그러나 성경책 위의 오물은 어쩔 수 없었다. 심란해진 우리 주인공은 비닐봉지에 증거물을 넣고 뒤뜰에 묻었다. 그러곤 어머니에게 새 성경책을 사드리고, 학교에 가져갔다가 버스에서 잃어버렸다는 끔찍한 거짓말을 했다.

어머니는 몹시 화를 냈지만, 사실을 알았다면 더 화를 냈을 것이다. 그 정도는 참을 수 있었다. 그런데 어머니는 사실을 모르고 지나가더라도 하나님은 알고 계시지 않은가. 그는 하나님이 벌을 내릴 것이라고 생각했다. 이 일 덕분에 남은 졸업반 내내 아무 문제도 일으키지 않고 열심히 교회에 다녔다.

그는 10년이 지난 지금까지도 어머니에게 사실을 털어놓지 못했다. 사실을 알면 죽이려 하실 것이 틀림없다고 여겼기 때문이다. 그 성경책은 그냥 오래된 성경책이 아니라 할머니가 어머니에게 물려준 유품이었던 것이다. 성경책은 아직도 뒤뜰 어딘가에 묻혀 있다. 이제는 어디에 묻었는지 정확한 위치를 잊어버렸단다. 알기만 한다면, 어머니가 집에 안 계실 때 슬쩍 뒤뜰로 가서 파낼 텐데……. 뒤뜰이 파헤쳐진 이유는 해명하지 못할 테지만 말이다.

나는 한참 웃고 나서 말했다.

"글쎄다. 너를 위해 해줄 수 있는 말은 어른이나 선생이나 부모도 그렇게 끔찍한 실수를 저지를 때가 있다는 거야. 예를 하나 들지."

나는 그에게 내 이야기를 해주었다.

그해 봄에 나는 수업이 아주 많았다. 내가 가르치는 교실은 3층이었고 가장 가까운 남자 화장실은 1층에 있었다. 어느 날 수업 중에 화장실이 급해졌다. 학생들에게 양해를 구하고 빠른

걸음으로 복도 끝에 있는 수위방으로 갔다. 그 방 개수대를 이용할 생각이었다. 그런데 개수대에 이렇게 적혀 있었다.

"물이 빠지지 않음."

미칠 것 같았다. 터지기 직전인 나는 거기 있던 플라스틱양동이를 사용했다. 그러고는 양동이 뚜껑을 닫고 미술용품을 보관하는 캐비닛에 넣었다. 열쇠는 하나뿐이었고 다행히 내가 갖고 있었다.

이렇게 해결하니 너무 편해서 다음 날에도 똑같이 양동이에 실례를 했다. 한 주가 끝날 무렵, 다른 문제가 생겼다. 소변이 가득 든 양동이를 어떻게 할 것인가?

어느 날 수업이 끝나고 한참 지난 늦은 오후에 양동이를 비우려고 1층 화장실로 몰래 내려갔다. 그런데 계단에서 발을 헛디디는 바람에 양동이를 놓치고 말았다. 소변이 공중에서 복도로 폭포처럼 쏟아졌다. 정말 있었던 일이다.

더럽고 멍청한 실수였다. 나같이 점잖은 사람이 이런 실수를 했다고 책망할 것인가. 멍청하고 역겨운 일을 한 번도 저지른 적 없는 사람이 있을까. 자신이 저지른 일을 수습하느라 애먹은 적 없는 사람이 있을까. 더구나 내가 저지른 실수는 불법도, 죄도, 비도덕적인 일도 아니다. 성경에도 죄 없는 자가 먼저 돌을 던지라고 하지 않았던가.

복도를 닦는 데 두세 시간이 걸렸다. 냄새를 없애기 위해 악취 제거제를 두 통이나 뿌려야 했다. 다음 날 사람들이 간밤에 복도에서 무슨 일이 있었던 것 같다고 수군거릴 때 나는 입을 꾹 다물고 있었다. 지금까지도 입을 다물고 있다.

나는 성경책을 묻은 제자에게 말했다.

"동창회의 가장 좋은 점은 진실을 털어놓을 수 있다는 거지."

언젠가 그의 어머니도 아들 몰래 한 실수를 털어놓을 날이 올 것이다. 그때가 되면 어머니와 아들이 성경책을 찾으려고 함께 뒤뜰을 파헤치리라.

# 진공청소기 파는 남자

얼만 전에 오랫동안 보지 못했던 사람을 길거리에서 만났다. 우리 집 근처에 살던 남자로, 만나면 고개인사 정도 나누던 사이였다.

"하는 일은 어떤가요?"

내가 묻자 그는 이렇게 대답하며 웃었다.

"정말 잘 빨아들이죠!"

예상했던 대답이다. 몇 년 동안이나 이런 식으로 말하고 다녔기 때문이다.

그는 진공청소기 회사의 영업부장으로, 유머감각은 별로지만 자신이 파는 제품에 대한 확신과 열정은 대단했다. 그 점이 마음에 들었다. 그는 "언제 어디서나 쓸어버리고 싶은 것, 날려버리고 싶은 게 있으면 말씀만 하세요. 딱 맞는 청소기가 있습니다."라고 말했다.

그의 회사에는 핸디 청소기, 상점용 청소기, 대용량 청소기뿐만 아니라 굴뚝용과 난로용 특수 청소기까지 있다. 건물 전체에 설치해 화학물질과 기름 오염물질을 빨아들이는 청소장치도 있고 낙엽청소기, 잔디청소기, 풀장용 수중청소기처럼 바람으로 날려서 쓰레기를 모으는 청소기도 있다. 실내용, 실외용, 육지용, 수중용, 공중용 등 온갖 종류가 있고 대형, 중형, 소형을 골고루 갖추고 있어서 무슨 일에든 딱 맞는 청소기를 찾을 수 있다. 그가 다니는 회사는 규모가 꽤 컸는데, 그는 몇 년 동안이나 회사의 판매왕 자리를 놓치지 않았다.

"모두 물러서라. 나한테 진공청소기를 달라."

그가 전쟁에 나가며 하는 말이다.

그는 제임스 머리 스펭글러라는 사람을 영웅처럼 받들었다. 1907년 스펭글러는 오하이오주에 있는 어느 백화점에서 수위로 일하고 있었다. 그런데 당시 쓰던 기계식 카펫 청소기가 먼지와 곰팡이를 잔뜩 일으키는 바람에 만성 알레르기가 생겼다. 급기야 알레르기 때문에 수위 일을 계속하기가 힘들었다. 스펭글러는 이 문제를 해결하려고 최초의 진공청소기를 만들게 되었다.

베갯잇, 비눗갑, 부채, 테이프로 된 초기 진공청소기 모델을 보면 웃음이 나올 것이다. 그러나 작동에는 문제가 없었을 뿐만 아니라, 알레르기 문제를 해결해서 수위 일을 계속할 수 있게 해주었다. 하지만 우리는 스펭글러라는 이름을 들어본 적이 없다. 그 까닭은 그가 특허권을 윌리엄 후버에게 팔았기 때문이다. 그래서 우리에게는 후버라는 이름만 익숙하다.

나의 영업부장 이웃은 스펭글러가 어느 집에나 있는 아주 평범한 물건, 자연에 지천으로 널린 공기라는 재료를 사용해서 가사 노동의 역사를 바꿨다며 그를 찬양하고 다녔다. 한동네에 살 때 이 이야기를 몇 번이나 들었는지 모른다. 그런데 지난주에 만났을 때 또 그 이야기를 하기에, 나는 아직도 위선자처럼 사느냐고 묻지 않을 수 없었다.

그는 얼굴이 빨개지더니 웃으며 대답했다.

"네."

사실 위선자라는 말은 적당하지 않고, 철학자라고 해야 맞을 듯싶다. 사연을 이야기해줄 테니 여러분이 결정해보시라.

그가 우리 동네에 살 때, 나는 이 청소기 영업자의 삶에 깊은 모순이 있음을 일찌감치 눈치 챘다. 궁금했다. 어느 날 정원에 나가 주위를 둘러보는데, 그가 낡은 수동식 잔디기계로 잔디를 깎는 것이 보였다. 이어서 낡은 수동식 잔디기계만큼 구식인 갈퀴로 잔디를 긁어모으더니 빗자루로 현관 앞길을 쓸어 쓰레받기에 담는 것이 아닌가. 가을에는 진공청소기가 아니라 갈퀴로 낙엽을 긁어모았고, 차를 청소할 때도 작은 빗자루를 사용했다. 먼지를 쫙 빨아들이고 쓰레기를 싹 쓸어버리는 전동 기계들은 전부 어쩌고 저렇게 한단 말인가?

어느 날 이유를 물어봤더니, 그는 이렇게 털어놓았다.

한번은 아이오와주에 사는 아미시(기계 문명을 거부하고 옛날 방식으로 사는 기독교 신자들―옮긴이) 농부에게 청소기를 팔려고 했다. 아미시인들은 자신들의 종교적, 사회적 가치에 따라 전기나 석유로 구동하는 엔진을 사용하지 않는다. 이런 것이 가족과 공동체와 개개인에게 도움이 되지 않는다고 여기기 때문이다. 시끄러운 엔진은 사람들을 멀어지게 하고, 같이 일하면서 노래하는 것을 어렵게 하며, 혼자 일하면서 뭔가를 생각하는 것은 더더욱 어렵게 한다. 수동 기구는 값이 싸고 수리하기도 편하고 사용하면 운동도 된다. 속도와 효율이 높다고 해서 꼭 삶의 질이 높아지는 것은 아니다.

나의 옛 이웃은 자신의 삶이 진공청소기로 꽉 차서 정신이 없을 때면 아미시인들을 떠올린다고 한다. 단순함 속에서 지혜를 구하기 위해 수동 기구를 갖고 정원으로 나가 한나절을 보낸다.

영혼이 텅 비었다는 느낌이 들 때, 시끄러운 기계는 아무 도움이 되지 않는다. 중년의 나이에 그는 적절한 기술을 선택하는 지혜를 터득한 것이다. 기계 바람으로 낙엽을 모으는 것이 나무 사이로 부는 바람소리를 듣는 것과 어찌 같다고 할 수 있으랴.

# 인어들

교회에서 부모들이 모임을 하는 동안, 나는 일곱 살에서 열 살까지의 아이들 80명을 돌보는 임무를 맡게 되었다. 어느 날 '거인과 마법사와 난쟁이 놀이'를 하기로 했다. 아이들을 교회 놀이방에 모아놓고 놀이에 대해 설명했다. 이 놀이는 여러 명이 한꺼번에 하는 가위바위보라고 할 수 있다. 거기에 더해 약간 머리를 써서 결정을 내리기만 하면 된다. 하지만 이 놀이의 진짜 목적은 자기가 누구 편인지, 또 누가 이겼는지 모를 때까지 소리를 지르고 잡으러 쫓아다니며 뛰노는 것이다.

방을 가득 메운 들뜬 아이들을 두 팀으로 나누고, 놀이 규칙을 설명하고, 거인과 마법사와 난쟁이 가운데 어느 것을 할지

정하는 일은 만만치 않았다. 하지만 사이좋게 해내고, 드디어 놀이할 준비를 마쳤다.

서로 쫓아다니는 열기가 한창 무르익었을 즈음 소리쳤다.

"이제 자기가 무엇인지 결정해. 거인과 마법사와 난쟁이 중에서!"

아이들이 잔뜩 흥분해서 소곤거리며 상의하는 사이에 누군가 내 바지 자락을 잡아당겼다. 조그마한 여자아이가 나를 쳐다보며 걱정스러운 목소리로 물었다.

"인어는 어디에 서요?"

"인어는 어디에 서냐고?"

긴 침묵이 흘렀다. 아주 긴 침묵이었다.

"인어는 어디에 서냐고?"

내가 되물었다.

"네. 저는 인어거든요."

"인어 같은 건 없는데."

"있어요. 제가 인어란 말이에요."

여자아이는 거인이나 마법사나 난쟁이 어느 것도 자신과 비슷하다고 느끼지 않았다. 자신만의 카테고리를 갖고 있었는데, 그것이 인어였다. 놀이에서 빠지려고 하지도 않았고, 게임에서 진 아이들의 줄에 서려고 하지도 않았다. 아이는 인어가 갈 수 있는 곳이 있다면 그곳에 가서 놀이를 계속하고 싶었다. 자신의 존엄성이나 정체성을 포기하지 않으려고 했다. 아이는 당연히 인어가 설 자리가 있으며, 내가 그 자리를 안다고 믿었다.

글쎄……. 인어는 어디에 서야 하나? 인어들, 남과 다른 사람들, 표준에 맞지 않는 사람들, 이미 만들어진 상자와 비둘기집을 받아들이고 싶지 않은 사람들은 어디에 서야 하나?

이 질문에 대답할 수 있다면, 학교와 나라와 세계도 세울 수 있을 것이다.

그 순간 나는 어떤 대답을 했던가? 오랜만에 올바른 대답을 했다.

"인어는 바로 여기 바다의 왕 옆에 서는 거야."

그래서 나와 여자아이는 손을 꼭 잡고 거인과 마법사와 난쟁이들이 미친 듯이 날뛰는 것을 지켜보며 서 있었다.

인어가 존재하지 않는다는 것은 사실이 아니다. 나는 적어도 한 명의 인어를 직접 알고 있다. 손도 잡아보았다.

# 뉴욕 택시

춥고 사나운 바람이 부는 뉴욕의 어느 겨울날, 52번가와 메디슨가가 만나는 도로는 꽉 막혀 있었다. 거리에는 짜증스러운 분위기가 가득했다. 하지만 나는 정중하게 손을 흔들어 택시를 잡았다. 내가 이 도시 사람이 아니라는 티가 나는 행동이었다.

노란 택시 한 대가 천천히 내 앞에 와서 섰다. 운전수는 육중한 몸집의 흑인 여자로, 분홍색 나일론 재킷을 입고 검은 터번을 둘렀으며 잘못 건드리면 혼쭐낸다는 표정으로 소리쳤다.

"택시 탈 거예요? 아니면 데이트 신청하는 거예요?"

물론 택시를 타고 싶었기에 뒷좌석에 올라탔다. 여자 운전수가 다시 소리쳤다.

"자, 어디로 모실까요?"

"업타운으로 가주세요. 91번가와 5번가가 만나는 곳이요."

여자가 웃음을 터뜨렸다.

"거긴 안 갑니다."

"왜요?"

"시내가 시멘트처럼 굳었거든요. 중심에 벽돌로 벽을 쌓아놓았는지. 이 동네는 늘 꽉 막혀요. 은퇴한 들개잡이들이 행진하느라 막히고, KKK단(Ku Klux Klan, 남북전쟁 후에 생겨난 인종차별주의적 극우비밀조직)이 행진하느라 막히고, 치과의사들이 행진하느라 막히죠. 교황이 와 있을 수도 있고, 대통령이 와 있을 수도 있고, 예수님이 와 있을 수도 있죠. 올해 여기 안 온 사람은 예수님밖에 없을걸요."

여자는 다시 웃음을 터뜨렸다. 호탕한 웃음이었다.

"그래서 업타운으로 못 가나요?"

"이 택시로는 못 가요. 시카고로 해서 빙 돌아간다면 모를까. 하지만 다운타운이라면 가고 싶은 곳까지 데려다 드리죠. 월스트리트든 뉴저지든 플로리다든 리우데자네이루든 아무리 먼 곳이라도 데려다드리죠. 남쪽으로는 갈 수 있지만, 윗동네는 못 갑니다. 오늘은 절대 안 돼요."

"고맙습니다. 터번이 맘에 드네요. 어느 나라 출신이세요?"

여자는 다시 한 번 크게 웃었다.

"터번은 그냥 모자 삼아 쓴 거예요. 저는 뉴욕 출신이죠. 여기서 태어나서 여기서 자랐고 아직도 여기서 살고 앞으로도 여기를 못 떠날 테니까 여기서 죽겠죠. 하지만 떠나야지 하는 생각은 늘 해요. 어떻게든 언젠가는 말이죠. 꿈꿀 뿐이라는 것도 잘 알아요. 내가 죽으면 박제로 만들어 박물관에 갖다 놓고 '최고로 바보'라는 팻말을 써놓겠죠. 오래전에 뉴욕을 떠나야 했는데, 어쩌다 보니 떠나기에 너무 늦어버렸어요."

"왜 떠나지 못하죠?"

"손님도 오래전에 해야 했는데 못한 일이 있지 않나요?"

"그럼요, 있지요."

"손님은 손님대로 이유가 있었겠죠. 누구나 이유가 있어요. 누가 알겠어요? 게다가 뉴욕을 벗어나면 위험하고 이상해요. 폭풍, 산불, 곰, 백인 양아치, 광신도, 말이 느린 사람, 미인대회 입상자, 카우보이, 인디언, 별별 게 다 있잖아요. 차라리 뉴욕에서 운에 맡기고 사는 게 나아요."

"그래도 행복해 보이지는 않네요."

"오늘은 정말 안 풀리는 날이었어요. 말했잖아요. 시내가 꽉 막혔다고요. 바퀴벌레들이 회의하는 데에 끈끈이라도 놓은 것처럼 말이에요. 날씨가 좋진 않지만 걷지 못할 정도는 아니니 사람이 너무 많아요. 차는 잘 안 나가고, 남자친구는 두 여자하고 바람이 나서 달아나버렸죠. 한 여자도 아니고 두 여자하고요. 집세는 밀렸고, 하나님은 내 편이 아닌 게 분명해요. 어! 비가 그쳤네요. 여기서 계속 얘기하시겠어요? 아니면 차를 타고 가시겠어요?"

"차를 타고 돌아가면서 얘기를 나누면 좋겠지만, 회의가 있어서 업타운에 가야 하니까 그냥 내려야겠어요."

나는 운전석 옆에 서서 이렇게 말했다.

"여기 20달러요. 선물입니다. 안 풀리는 날 조금이라도 위안이 되게요."

"20달러로요? 어림도 없어요."

"어림도 없어요?"

"20달러로 뉴욕의 광기와 전능하신 하나님의 분노로부터 나를 구할 수 있다고 생각한다면, 손님이야말로 겉보기보다 이상하고 나보다 더 돈이 필요한 사람일 테니까 가져가세요."

"그럼 얼마면 되겠어요?

여자는 즐거운 표정으로 가만히 생각하더니 웃음을 터뜨리며 손을 내밀었다.

"이 세상에 충분한 돈이란 없죠. 그 돈 주세요. 받을 수 있는 걸 받지 않으면, 아무것도 얻지 못할 테니까요. 고맙습니다."

여자는 경적을 울리고 손을 흔들고 큰 소리로 웃으며, 택시 운전사라기보다는 탱크 운전수처럼 의기양양하게 꽉 막힌 차들 속으로 들어갔다. 업타운뿐만 아니라 그 너머도 갈 수 있을 것 같았다. 어떻게든, 언젠가는, 앞으로 가다보면 닿으리라.

모든 것은 태도에 달려 있다. 그 여자는 또 한 명의 인어였다.

# 착한 사마리아인

"실례합니다. 점퍼케이블 있으신가요?"

"네, 그럼요. 있지요."

아이다호주의 남파에서 온 영어선생(나중에 알게 된 사실)과 그의 상냥한 아내가 물었다. 부부는 재미있게 생긴 작은 외제차를 타고 있었다. 아침 안개가 자욱해서 라이트를 켜고 시애틀을 돌아다니다가 커피를 마시러 가면서 라이트 끄는 것을 잊어버리는 바람에 배터리가 나가버렸단다. 점퍼케이블이 필요했고 착한 사마리아인이 필요했다. 점퍼케이블을 다룰 줄 아는 사람의 친절한 손길이 필요했던 것이다. 그런데 운명의 요정이 그들을 내게 맡겼다.

사람들은 남자라면 당연히 점퍼케이블에 대해 알 것이라고 생각한다. 마치 그 정보가 남자의 유전자에 들어 있기라도 하듯이 말이다. 그러나 남자들 중에는 돌연변이가 있어서 차의 보닛 안에 있는 것이라면 마술처럼 알쏭달쏭하게 여기는 자도 있다.

남자는 내게 점퍼케이블을 갖고 있는지만 물었다. 점퍼케이블을 다룰 줄 아는지는 묻지 않았다. 그래서 나는 그가 점퍼케이블 사용법을 안다고 생각했다. 차에는 아이다호주의 번호판이 달려 있었고, 그는 야구모자를 쓰고 카우보이부츠를 신고 있었다. 이런 사람들은 모두 태어날 때부터 점퍼케이블에 대해 잘 알고 있지 않는가? 그는 반대로 내가 등산화를 신고 20년 된 폭스바겐을 운전하는 수염 희끗한 노인이니 점퍼케이블을 많이 써봤으리라고 생각했을 것이다.

어쨌든 나는 차에서 점퍼케이블을 꺼냈다. 우리는 남자답고 멋진 척하며 자동차에 대해 이야기를 주고받았다. 그런데 그의 차 보닛을 열어보니 배터리가 없었다.

"앗! 이게 문제였네요. 어떤 놈이 배터리를 훔쳐갔군요."

"제길!"

그때 그의 상냥한 아내가 말했다.

"배터리는 뒷좌석 밑에 있어요."

"아, 그렇지."

우리는 뒷좌석에 놓인 짐과 여행용품을 모두 꺼내고 좌석까지 들어내어 주차장 바닥에 내려놓았다. 과연 배터리가 케이블을 연결해주기만 기다리며 얌전히 놓여 있었다. 그는 아내를 보고 능글맞게 웃으며 고등학교 때 자동차 기술 교육과 성 교육을 같이 받았는데 그 후 뭐가 어디에 있는지 작동시키려면 어떻게 해야 하는지 계속 헷갈린다고 작은 소리로 말했다. 나는 슬슬 걱정이 되기 시작했지만 그의 말에 함께 웃었다. 그의 아내는 전혀 웃지 않고 사용설명서를 꺼내 훑어보기 시작했다.

아무튼 우리가 가진 지식을 모아보니 양극과 음극이 있다는 것, 두 대 중 하나 혹은 두 대 모두 시동이 걸려야 한다는 것, 6볼트와 12볼트 배터리와 다른 배터리는 될 수도 있고, 안 될 수도 있다는 것 등이었다.

나는 그가 어떻게 해야 하는지 안다고 생각했기에, 그가 하는 대로 따랐다. 그도 나에 대해 똑같은 생각이었다. 우리는 케이블집게를 단단히 물린 두 차에 동시에 시동을 걸었다. 순간 두 차 사이에 전기가 일었다. 차의 점화장치가 타버리고 케이블이 녹아 배터리에 달라붙었다. 그가 쓰고 있던 야구모자가 날아갈 정도였다.

"지지지지쉬!"

세계에서 가장 큰 파리가 전기모기장에 부딪치는 것 같은 소리가 났다. 무시무시한 파란 불빛이 번쩍이더니 연기가 피어올랐다. 실로 놀라운 전기의 힘이었다.

우리는 저지른 일에 놀라서 주차장에 내려놓은 좌석에 털썩 주저앉았다. 그의 아내는 사용설명서를 들고서 도와줄 만한 사람을 찾아 나섰다. 이런 상황에서도 우리는 할 수 있는 한 침착하게 이야기를 나눴다. 그가 이렇게 말했다.

"무지와 자만이 힘을 합치면 치명적이군요."

영어선생들은 늘 저런 식으로 말을 한다.

내가 말했다.

"그렇지요. 세 살짜리 꼬마 손에 성냥을 쥐어주고, 열여섯 살짜리 아이에게 차를 내준 것과 같지요. 광신도들 마음속에 있는 신에 대한 믿음과 비슷하고, 영화 속 악당 손에 핵무기가 들어가게 된 것과 같네요. 바보 손에 점퍼케이블과 배터리를 쥐어준 격이지요."

우리는 이 상황에서 무언가 보편적이고 진지한 것을 끌어내려고 애썼다. 그만큼 비참했다.

그 일이 있고 나서 얼마 뒤 아이다호주의 남파에서 편지와 선물이 왔다. 선생의 상냥한 아내가 보내온 것이었다. 그 물건은 호의에 대한 감사의 표시이자 용서와 가르침, 다시는 죄를 짓지 말라는 충고이기도 했다. 그의 아내는 정확하게 작동하며 엉키지 않는, 바보라도 다룰 수 있는 전자식 점퍼케이블을 선물한 것이었다. 영어와 에스파냐어로 점퍼케이블에 대한 모든 것, 알고 싶은 것보다 더 많은 것이 쓰인 설명서도 들어 있었다. 케이블을 연결하면 전류가 흐르기 전에 작은 반도체 컨트롤박스가 모든 부품이 제대로 연결되었는지 알려준다. 다음 과정으로 넘어가도 괜찮은지 생각할 시간을 주는 것이다.

우리와 거대한 힘 사이에도 이런 장치가 있다면 좋겠다. 무지와 자만에도 불구하고 진보하고 있는 것은 좋은 일이다. 진보는 가능하다. 다음부터 그 영어선생은 일이 생기면 아내에게 제일 먼저 물어볼 것이다. 착한 사마리아인이 바로 옆에 있고 열심히 도우려는 마음이 있더라도 어리석으면 별로 도움이 되지 않는다.

# 낙엽청소부 도니

문을 두드리는 소리가 날카롭고 다급하며 집요했다. 위험을 알리는 신호 같았다.

"똑똑, 똑똑똑, 똑똑……."

나는 달려가 문을 열면서 아드레날린을 끌어올려 긴급사태에 대비했다.

'도대체 무슨 일이지?'

문을 여니 한 소년이 이상한 표정을 지으며 서 있었다. 소년은 내게 여러 번 접은 종이를 내밀었다. 구겨진 종이에는 휘갈겨 쓴 글씨체로 이렇게 쓰여 있었다.

"제 이름은 도니입니다. 선생님 댁의 낙엽을 쓸어드리겠습니다. 뜰 하나 치우는 데 1달러예요. 저는 듣지 못해요. 글을 쓰시면 읽을 수 있어요. 낙엽 잘 치웁니다."

우리 집 뒤뜰에는 오래된 단풍나무가 줄지어 서 있다. 여름이면 금화 같은 나뭇잎이 무성하고, 가을이 오면 나뭇잎이 우수수 떨어진다. 뜰이 막혀 바람이 잘 불지 않으므로, 떨어진 나뭇잎은 여자가 목욕하러 들어가며 살짝 벗어놓은 목욕가운처럼 그 자리에 소복이 쌓여 있다.

나는 이런 풍경이 마음에 든다. 아주 좋다. 하지만 아내는 좋아하지 않는다. 원예 잡지도 이런 풍경이 별로라고 한다. 낙엽을 치우는 것이 정원 가꾸기의 규칙이란다. 낙엽이 잔디에 좋지 않기 때문이다. 낙엽은 너저분하고 곰팡내도 나고 미끈거린다. 하지만 나는 낙엽이 좋아서 학교 교실에다 발목이 빠질 정도로 뿌린 적도 있다.

나는 낙엽은 그대로 둘 이유가 있지만, 깎아낸 잔디는 둘 이유가 없다고 말한다.

그러나 아내의 생각은 다르다. 말은 안 하지만 나를 보는 눈빛에 게으르다는 비난이 살짝 섞여 있다. 우리는 전에도 이 일 때문에 부딪혔다. 하지만 올해는 과학적인 방법이라는 이름으로 협상을 했다. 뜰의 반쪽은 낙엽을 치우고, 나머지 반쪽은 자연의 돌봄에 맡기기로 했다. 그 결과는 이듬해 여름에 보기로 했다. 그리하여 아내 뜰은 낙엽을 치우고 내 뜰은 낙엽을 그대로 둔 상태였다.

소년은 몇 가지 안 되는 기계에 의존해 안갯속을 비행하는 조종사처럼 내 얼굴을 유심히 쳐다보며 내 생각을 알아내려고 했다. 우리 집 뜰에 낙엽이 있는 것을 이미 보아 알고 있었다. 사실 동네에서 낙엽이 쌓여 있는 집은 우리 집뿐이었다. 소년은 자신이 부른 값이 적당하다는 것도 알았다. 진지하게 연필과 종이를 내밀고 나의 대답을 기다렸다. 어떻게 이 소년에게 우리 집 뒤뜰에서 진행 중인 과학 실험의 중요성을 설명할 수 있을까?

어찌 보면 나무가 있는 것은 낙엽 때문이다. 엄청난 수의 씨앗이 대지를 푸르게 하기 위해 공격부대처럼 하늘에서 땅으로 쏟아져 내리고 나면, 낙엽이 다음 세대의 나무가 될 씨앗을 보호하고 따뜻하게 해주고 영양분을 준다. 돌투성이, 흙, 부패, 곰팡이, 박테리아, 새, 다람쥐, 벌레, 사람이 방해한다. 그러나 어떻게 해서든 몇몇 씨앗은 싹을 틔운다. 끈질긴 씨앗들은 버티고 또 버틴다. 겨울의 어두운 침묵 속에서 꿋꿋이 살아남아 다음 세대의 나무가 된다. 아주 오랜 세월 동안 이렇게 해왔다. 그런데 인간은 자신들이 위험해지는 것도 모르고 이 과정을 엉망으로 만들고 있다. 이것은 중요한 문제다.

"제 이름은 도니입니다. 선생님 댁의 낙엽을 쓸어드리겠습니다. 뜰 하나 치우는 데 1달러예요. 저는 듣지 못해요. 글을 쓰시면 읽을 수 있어요. 낙엽 잘 치웁니다."

소년은 참을성 있게 희망과 선의를 담아 연필과 종이를 내밀었다.

아주 단순한 사건이 한 사람의 중요한 동기를 의문에 빠뜨릴 때가 있다. 소년이 귀먹지 않았다면 나는 어떻게 했을까? "아니."라고 하면 아이는 어떨까? "그래."라고 하면 어떻게 될까? 어떤 차이가 있을까? 나와 소년은 서로 다른 이유 때문에 오랫동안 침묵했다. 소년이 가려고 막 몸을 돌리는 순간, 나는 연필과 종이를 잡고 진지하게 썼다.

"그래, 좋아. 낙엽을 치워주렴. 낙엽이 젖었는데 치울 수 있니?"

내가 적었다.

"네."

소년이 적었다.

"낙엽 모으는 갈퀴를 가져왔니?"

"아니요."

"뜰이 넓고 낙엽이 많단다."

"괜찮아요."

"2달러 줘야겠구나."

소년은 미소 지으며 이렇게 적었다.

"3달러는요?"

나는 씩 웃었다.

계약이 성사되었다. 갈퀴를 가져왔다. 귀먹은 낙엽청소부 소년은 11월의 짧은 저녁해 속에서 일을 시작했다.

소년은 말없이 낙엽을 긁어모았다. 어두워지는 창문 너머로 나도 말없이 지켜보았다. 저 소년의 마음속에는 어떤 소리가 있을까? 나는 알고 싶다. 두 귀에 손가락을 꽉 끼우면 들리는 텅 빈 바다 소리 같은 것일까?

소년은 시킨 대로 조심스럽게 낙엽을 모아 큰 더미로 쌓았다. 나는 소년이 가고 난 뒤 낙엽을 다시 뜰에 흩어놓을 생각이었다. 나는 이 문제에 대해서는 고집이 세다. 소년은 뜰을 돌면서 놓친 낙엽을 손으로 주워 낙엽더미에 쌓았다. 그 아이 역시 자신이 생각하는 것에 대해 고집이 있었다. 낙엽을 치운다는 것은 한 장도 남기지 않고 모조리 치우는 것이었다.

얼마 뒤 소년은 날이 어두워졌으니 저녁 먹으러 집에 가야 한다는 신호를 하고 일을 끝내지 않은 채 집으로 갔다. 돈을 미리 주었기 때문에 소년이 다시 올지 궁금했다. 나는 내 나이 치고는 의심이 많은 편이다.

이튿날 아침 소년은 다시 일하러 와서 전날 청소한 뜰에 새로 떨어진 낙엽이 있는지부터 살펴보았다. 소년은 자기가 하는 일에 자부심이 있었다. 이윽고 뜰이 깨끗해졌다. 나는 소년이 밝은 노란색 나뭇잎을 몇 장 주워 셔츠주머니에 넣는 것을 보았다. 씨앗 한 줌과 함께.

"똑똑, 똑똑!"

소년은 일을 마쳤다는 신호로 문을 두드렸다.

나는 소년이 걸어가면서 씨앗을 하나씩 공중으로 던지는 것을 보았다. 특별보너스인 셈이다. 나는 말없이 문간에 서서 아이의 마음씨를 느끼며 미소 지었다.

내일 나가서 낙엽더미를 집 뒤의 움푹 팬 곳에 있는 퇴비 속으로 밀어 넣어야지. 아무 말 하지 않고 조용히 그렇게 하리라. 잎과 씨앗들은 올해 그곳에서 자신의 운명을 개척해야 할 것이다. 소년이 한 일을 수포로 돌아가게 할 수는 없었다. 나의 과학 실험은 좀 더 인간적인 것을 위해 자리를 내줘야 했다.

낙엽이 가고, 씨앗도 가고, 나 역시 언젠가는 가야 할 것이다. 내 운명을 또 한 명의 불완전하지만 끈질긴 생존자에게 맡겨야 하리라.

도니, 버텨서 살아남으렴, 버텨서 살아남으렴.

• • •

나는 도니에 대한 질문을 자주 받는다. 이후 어떻게 되었는지, 잘 살고 있는지 알고 싶어 하는 사람들이 많다.

사생활을 존중하는 의미에서 도니가 잘 버텼다는 것만 말하고자 한다. 도니는 대학에서 원예학을 전공했고, 결혼했으며, 지금 종묘업을 한다. 나무 전문이다.

# 인디언 남자와 춤을

목사가 하는 일 가운데 하나는 죽어가는 사람과 죽은 사람을 만나는 일이다. 나는 병실, 영안실, 장례식, 공동묘지에서 이들을 만난다.

죽음에 대해 알게 되자, 이는 특이한 방식으로 나의 다른 생활에 영향을 주었다. 내가 왜 잔디 깎기나 세차, 낙엽 쓸기, 침대보 갈기, 구두 닦기, 설거지에 많은 시간을 소비하지 않는지 설명해준다. 왜 파란 불이 켜졌는데도 천천히 움직이는 차를 향해 경적을 울리지 않는지, 왜 거미를 죽이지 않는지 말해준다. 이런 일은 할 시간도 없고 필요도 없다. 또 왜 이따금 버펄로 술집에 가는지도 설명해준다.

버펄로 술집은 온갖 인종이 모여 사는 미국의 모습과 같다. 토요일 밤 술집에는 사람들이 모여들고 11시쯤이면 분위기가 절정에 달한다. 분위기를 띄우는 이들은 이 집의 인기 밴드 '다이내믹 볼캐닉 로그즈Dynamic Volcanic Logs'이다. 1960년대 호박색 비브라폰에 딱 붙어 선 여덟 명의 괴짜들이 발을 구르며 절름발이도 뛰게 할 기세로 열광적인 연주를 한다. 온갖 인종의 미국인들이 맥주 마시고 당구 치고 춤추기 위해 이곳을 찾는다. 특히 춤을 추러 많이 온다. 엉덩이를 흔들고, 발을 구르고, 떠들썩하게 소리 지르고, 땀을 흘리며 춤을 추려고 온다. 토요일 밤, 밴드가 쿵쾅거리고 사람들이 흔들어댈 때면 죽음 같은 것은 없다.

여느 때와 비슷한 어느 토요일 밤에 한 떼의 오토바이 부대가 들이닥쳤다. 오토바이 폭주족처럼 보이려고 열심히 꾸몄고 꽤 그럴듯했다. 영화를 찍느라고 그런 옷을 입었다고는 생각되지 않았다. 남자들이나 여자들이나 비누냄새가 풍기는 것으로 보아 날마다 이곳에 와서 죽치는 사람들 같지는 않았다. 그 뒤를 따라 머리를 땋고 구슬 달린 조끼와 군복 바지를 입고 테니스화를 신은, 나이가 좀 들어 보이는 인디언이 들어왔다. 참 못생긴 남자였다. 나는 적절한 단어를 꽤 잘 찾는 편이고 여러분이 이해하기 쉽도록 이 남자가 어떻게 생겼는지 설명해주고 싶지만, 정말이지 표현할 말이 없다. 그냥 한마디로 못생겼다. 너무 못생겨서 오히려 아름다운, 그런 종류의 추남이었다.

그는 버드와이저 맥주를 마시면서 한참 동안 자리에 앉아 있었다. 밴드가 찢어질 듯한 소리로 〈제일 하우스 록Jail House Rock〉을 연주하자, 그는 자리에서 일어났다. 발을 질질 끌며 오토바이 부대의 한 여자에게 가서 춤을 청했다. 대부분의 여자들이 거절했을 테지만, 그 여자는 재미있었던지 어깨를 으쓱하고는 일어났다.

쓸 데 없는 말은 안 하겠다. 못생기고 발을 질질 끄는 초라한 인디언이 그렇게 춤을 잘 추다니! 그는 움직임부터가 달랐다. 거친 데가 하나도 없이 별로 힘들이지 않고 리듬에 따라 미묘하게 몸을 움직였다. 달인의 차분함이 느껴졌다. 그는 함께 춤추는 여자를 이리저리 돌리면서 여자가 춤을 잘 추는 것처럼 보이도록 해주었다.

무대에 있던 사람들이 하나둘 자리로 들어가고 둘만 남게 되었다. 밴드는 소리를 낮추더니 연주를 멈췄고 드러머만 박자를 맞춰주었다. 오토바이 부대가 모두 일어나 밴드에게 연주를 계속하라고 소리쳤다. 밴드는 다시 연주를 했고, 인디언은 계속 춤을 췄다. 여자가 마침내 어떤 사람의 무릎에 풀썩 쓰러졌다. 인디언 남자는 혼자서 춤을 췄고, 사람들은 박자에 맞춰 박수를 쳤다. 그가 의자를 이용해 춤을 출 때 사람들은 열광했다.

연주가 끝나자 사람들은 환호성을 질렀다. 인디언은 한마디 할 테니 조용히 해달라는 뜻으로 손을 들었다. 그는 밴드를 쳐다보고, 다음에는 사람들을 보더니 이렇게 말했다.

"아니, 뭘 기다리고 있어요? 춤을 춥시다."

밴드와 사람들은 폭탄이 터지듯 일제히 일어섰다. 테이블 사이, 무대 뒤, 바 뒤에서까지 모두 춤을 췄다. 화장실에서도 당구대 주위에서도 춤을 췄다. 자신을 위해, 인디언 남자를 위해, 하나님을 위해, 부와 물욕의 신을 위해 춤을 췄다. 병실, 영안실, 장례식, 공동묘지에서도 춤을 췄다. 그리고 그동안에는 아무도 죽지 않았다.

인디언은 말했다.

"아니, 뭘 기다리고 있어요? 춤을 춥시다."

# 끈적거리는 나의 상자

밸런타인데이에 대비해 쇼윈도를 장식하는 사람을 보았다. 아직 1월 중순인데 장사하는 사람들은 사랑을 팔 준비를 벌써부터 해야 하나 보다. 내 말을 오해하지 말기 바란다. 장사하는 사람들은 좋은 사람들이다. 우리에게 물건을 고르게 해주고 중요한 날을 미리 알려준다. 이들이 자신의 일에 충실하지 않다면, 우리가 어떻게 할로윈데이나 밸런타인데이나 어버이날을 잊지 않고 준비할 수 있겠는가?

이런 의미에서 중요한 사람들이 또 있는데, 바로 유치원 선생님들이다. 그들은 늘 기념일을 기억하고, 밸런타인데이나 사랑의 증거가 될 선물에 관해서는 누구도 따라올 수 없을 정도로 잘 안다. 유치원 선생님들이 준비하는 선물은 어떤 상인도 팔 수 없다. 값을 매길 수도 없고 가게에서 구할 수도 없다.

나는 끈적거리는 어떤 상자에 대해 말하고 싶다. 원래는 구두상자였는데 큰아이가 예쁘게 꾸며서 선물로 주었다. 그 뒤 상자는 우리 아이들이 어린 시절에 준 선물을 담아두는 저장고가 되었다. 그리고 세월이 흐르면서, 나의 보물 상자가 되었다.

상자에 장식된 물건은 흔히 볼 수 있는 것들이다. 지금은 빛이 바랜 분홍색과 빨간색과 흰색의 색지 세 장, 은박지, 오렌지색 화장지, 종이깔개 서너 장, 세 가지 마카로니, 젤리사탕, 콩 모양 젤리, 글자가 적혀 있고 소화제 맛이 나는 하트 모양의 과자 등이다. 이것들이 역시 소화제 맛이 나는 흰색 문구용 풀로 붙여져 있다.

이 구두상자는 지금 모양이 좋지 않다. 약간 쭈글쭈글하고 콩 모양 젤리와 젤리사탕이 녹은 곳에는 곰팡이가 피었다. 아직도 여기저기 끈적거리고, 색지의 빨간색이나 흰색은 대부분 베이지색으로 바랬다. 그러나 뚜껑을 열면, 내가 왜 이 상자를 간직하는지 알 수 있다.

그 속에는 큼지막하게 칸이 쳐진 공책을 찢어서 접은 쪽지가 있다. 너덜너덜해지고 빛바랜 공책 종이에는 "아빠, 안녕하세요.", "즐거운 밸런티인데이 보내세요.", "사랑하('사랑해'를 철자 빼먹고 쓴 상태—옮긴이), 아빠."라고 적혀 있다. 특히 "사랑하, 아빠."는 여러 번 적혀 있다. 상자 바닥에는 마카로니로 만든 스물세 개의 X(키스라는 의미－옮긴이)와 O(포옹이라는 의미－옮긴이)가 붙어 있다. 내가 몇 번이나 세어보았다. 군데군데 흘려 쓴 세 아이의 이름도 있다.

이에 비하면 이집트 왕 투탕카멘의 보물은 아무것도 아니다.

여러분의 집에도 이런 끈적이 상자가 있는가? 가장 단순하면서도 믿을 만한 사랑의 증거 말이다. 여러분은 앞으로 오래 살면서 아주 값지고 아름다운 선물을 받을 것이며, 많은 사랑을 경험할 것이다. 그러나 끈적이 상자에 담긴 사랑만큼 믿을 수 있는 사랑은 없을 것이다. 이것은 당신으로 하여금 세상을 살아가게 하고, 힘든 일도 견뎌낼 가치가 있게 한다.

세 아이는 이제 다 자라서 어른이 되었다. 아이들은 여전히 나를 사랑하지만, 어렸을 때처럼 뚜렷한 증거를 얻기는 힘들어졌다. 나이가 들고 아는 것이 많아지고 가치관이 혼란스러워지면서 사랑도 복잡해졌다. 사랑하는 것은 확실하지만 간단하지가 않다. 이제는 구두상자에 넣을 수 없는 것이 되어버렸다.

끈적이 상자는 지금 내 옷장의 맨 위 선반에 있다. 아무도 거기 있는지 모른다. 나만 안다. 내게 끈적이 상자는 신비한 힘이 있는 부적이요, 추억을 쌓아놓은 돌탑이다. 아침마다 옷을 입으면서 나는 상자를 생각한다. 가끔 선반에서 내려 열어보는데, 사랑이 점점 어려워지고 내 목을 끌어안던 작은 팔들이 없는 지금, 상자는 내가 만지고 안고 믿을 수 있는 유일한 것이다.

유치하고 비통한 아빠의 넋두리라는 것을 나도 잘 알고 있다. 이 이야기가 여러분과 나 모두를 당황스럽게 만든 것 같다. 하지만 이것은 위안을 주는 데는 무드링(끼고 있는 사람의 마음에 따라 색이 변하는 반지-옮긴이)이나 만트라(신비한 능력을 가진, 깨달음을 주는 주문-옮긴이), 토끼발 부적에 비할 바가 아니다.

사과하지 않으리라. 내게 끈적이 상자는 사랑을 의미한다. 내가 죽으면 나와 함께 묻어다오. 어디를 가든, 가는 데까지 가져가고 싶다.

# 테레사 수녀

테레사 수녀는 1997년에 세상을 떠났다. 아래 글은 20년 전에 쓴 것이다. 이제는 색이 바랜 주제인 데다 오래전 일이고 희미한 기억이 되어버렸다는 생각에 새 원고에서 뺐다. 그런데 왜 여기에 실렸느냐고 묻고 싶을 것이다.

삭제 파일에서 이 글을 보니 마음이 불편했다. 몇 번이나 다시 읽었다. 그리고 이 글이 테레사 수녀에 대한 글이라기보다, 자기 이익과 희생 사이에서 갈등하는 나와 비슷한 사람들에 대한 글임을 깨달았다. 자신에게 관심을 가지면서도 다른 사람을 염려하고, 또 우리를 염려하려고 노력하지만 잘 되지 않는 사람들에 대한.

• • •

오랫동안 내 마음의 평화를 심하게 방해한 사람이 있다. 그 사람은 나를 모르면서도 계속 내 일에 끼어든다. 우리는 공통점이 거의 없다. 그 사람은 할머니인 데다 유고슬라비아에서 자란 알바니아인이며, 인도에서 가난하게 사는 가톨릭 수녀다.

나는 인구 조절, 세계와 교회 속 여성의 지위 같은 기본적인 문제에 대해서 수녀와 의견이 다르다. 그리고 '신이 원하는 것'에 대해 말하는 수녀의 순진한 주장이 지겹다. 신을 대신해 말한다는 사람들은 득보다 해가 될 때가 더 많다. 테레사 수녀와 수녀의 추종자들을 보면 미칠 것 같았다. 아주 독실한 척하면서 독선적인 사람들로 보였다. 수녀의 이름을 듣거나 글을 보거나 얼굴만 봐도 화가 났다. 수녀에 대해 말도 하기 싫었다. 도대체 자기가 누구라고 생각하는 거야?

나의 작업실에는 세면대가 있고 세면대 위에는 거울이 있다. 나는 하루에도 몇 번이나 거울 앞에서 매무새를 다듬고 거울 속의 나를 본다. 거울 옆에는 이 문제 많은 노수녀의 사진이 걸려 있다. 거울 속의 나를 볼 때마다 수녀의 얼굴도 보게 된다. 나는 그 얼굴에서 내가 말할 수 있는 것 이상의 것을 본다. 그리고 내가 본 것에서 내가 말할 수 있는 것 이상의 것을 이해한다. 나는 내 마음에서도, 내 삶에서도 테레사 수녀를 지울 수 없다.

그 사진은 1980년 12월 10일 노르웨이 오슬로에서 찍었다. 그날 이런 일이 있었다.

파란색과 흰색이 섞인 빛바랜 사리를 걸치고 낡은 샌들을 신은 작고 구부정한 여인이 왕에게 상을 받았다. 다이너마이트 발명가의 유언에 따라 만들어진 재단에서 주는 상이었다. 여인은 벨벳과 금과 수정이 반짝거리는 홀에서, 정장에 검은 타이를 매고 우아한 제복을 입은 귀족과 유명인들에게 둘러싸였다. 전 세계 부자들, 힘 있는 사람들, 똑똑한 사람들, 재능 있는 사람들이 모인 자리였다. 그 한가운데에 사리를 걸치고 샌들을 신은 작은 노수녀가 있었다. 테레사 수녀였다. 가난한 사람들, 병든 사람들, 죽어가는 사람들의 하인이었던 그녀에게 노벨평화상이 수여되었다.

테레사 수녀는 노벨상이 있은 이래 가장 오랫동안 기립박수를 받았다.

어떤 대통령도, 왕도, 장군도, 과학자도, 교황도, 은행가도, 상인도, 독점기업도, 석유회사도, 아랍의 지도자도 수녀만큼 강력한 힘은 갖고 있지 못하다. 테레사 수녀의 무기는 세상의 악에 대항하는 무적의 무기, 바로 보살피는 마음이기 때문이다. 테레사 수녀만큼 부자도 없다. 그녀의 재산은 영원한 재산인 자비로운 정신이기 때문이다.

나는 테레사 수녀가 한 대로 하지도, 수녀의 방식을 따르지도 않을 것이다. 그러나 세계의 무대에 서 있는 수녀는 내게 용기를 준다. 내가 무엇을 할 것인지, 언제 어떻게 할 것인지 감히 얘기할 용기를 말이다.

테레사 수녀가 노벨평화상을 받은 몇 년 뒤, 뭄바이의 오베로이 타워즈 호텔에서 물리학자들과 종교적 신비주의자들의 회의에 참가했을 때였다. 홀 뒷문 근처에 서 있던 나는 내 옆에 누군가가 있음을 느꼈다. 테레사 수녀가 혼자서 거기 있었다. 회의에 초대받아 강연을 하러 온 것이다.

수녀는 연단에 올라가 회의의 주제를 지적 탐구에서 도덕적 행동으로 바꾸어놓았다. 경외심에 가득 차 지켜보는 청중에게 확고한 목소리로 말했다.

"우리는 큰일은 못합니다. 큰 사랑으로 작은 일을 할 수 있을 뿐입니다."

테레사 수녀의 삶과 신앙 사이의 모순은 나에 비하면 아무것도 아니었다. 내가 개인의 무력함 때문에 좌절하고 이와 맞붙어 씨름하는 동안, 수녀는 바로 세상으로 나가 세상을 바꾸고 있었다.

내가 더 많은 힘과 자원을 바라고 있을 때, 테레사 수녀는 자신이 가진 힘과 자원을 사용해 그 순간 할 수 있는 일을 했다. 간디도 그녀를 좋아했을 것이다. 간디는 자신만의 독특한 방식과 습관이 있었으나 자신이 해야 할 일을 다 했으니까.

테레사 수녀는 나를 불편하게 만들지만 큰 영감을 주었다.

지금도 그렇다.

내게는 없고 수녀에게는 있는 그것이 무엇일까?

• • •

만약 세상에 참으로 평화와 선의가 있다면, 그것은 테레사 수녀 같은 여성들 덕분일 것이다. 올겨울 수백만 명의 여성이 세계 곳곳의 거리에서 행진하는 것을 보면서, 평화는 바라기만 하는 것이 아니라 만들고 실천하고 주는 것이며 삶의 방식이라는 사실을 다시금 깨달았다. 지금 가진 것으로 시작해, 그것을 나누어 주는 것이다.

물론 테레사 수녀는 세상을 떠나고 없다. 가고 없기에 이 글을 뺐으면 좋겠는가? 아니면, 내가 아직도 자기 이익과 희생 사이에서 갈등하므로 이 글을 빼야 하겠는가?

이것이 바로 내가 말하고자 하는 바이다.

테레사 수녀의 존재 자체, 그리고 그녀가 지향했던 것은 진부하지도 않고 빛바래지도 않았다. 그것은 계속 도전으로 살아남아 있다.

하지만 이제 그녀 안에는 없다. 내 안에, 여러분 안에, 우리 안에 있다.

# 위대한 이교도

"예수는 유대인이었어."

아버지의 목소리다. 어머니가 크리스마스 게임을 위해 거실을 치우는 동안, 아버지는 투우사처럼 공격했다.

"예수는 유대인이었어, 여보. 기독교도가 아니었어, 여보. 그리고 12월 25일에 태어나지도 않았어, 여보. 예수는 죽었어, 여보. 다시 돌아오지 않아, 여보. 그러니 조용히 하고 입 좀 다물지, 여보."

어머니는 울면서 방을 나갔고, 아버지는 조용히 신문을 읽었다. 그것이 아버지가 가장 원하는 것이었다. 오늘 저녁 우리 집 거실에서 시작된 지상의 평화.

언젠가 아버지는 내게 이런 질문을 했다.

"아들아, 너 왜 하나님이 예수님을 결혼시키지 않았는지 아니?"

"아니요, 왜 안 시켰는데요?"

"한 번 십자가에 못 박힌 것으로 충분하니까."

아버지는 한 번 태어난 것으로 충분하다고 생각하는 이교도였다.

어머니는 다시 태어난다고 믿는 남부침례교 신자였다. 종교에 관해서는 두 분 사이에 벽돌로 된 벽이 있는 것과 같았다. 벽은 해가 갈수록 더 단단해졌다.

매년 12월이 되면 아버지는 "예수는 유대인이었어, 여보!" 하고 소리치며 지뢰를 놓았다. 어머니는 "당신은 지옥에 떨어질 거예요." 하고 훌쩍거리면서 방을 나갔다.

이런 소리가 들리면 크리스마스가 가까이 왔음을 알 수 있었다.

댕그렁, 댕그렁.

바람 부는 12월의 어느 추운 날 늦은 오후, 텍사스주 웨이코에 있는 싸구려 잡화점 울워스 앞에서 있었던 일이다. 정장 차림에 넥타이를 매고 코트를 입고 모자까지 쓴 중년 남자가 빨간 강철삼각대 옆에 서 있었다. 삼각대에는 검은 쇠냄비가 걸려 있었다.

남자 옆에는 추위를 피하느라 온몸을 꽁꽁 싸맨 여덟 살짜리 소년이 서 있었다. 아이는 작은 놋쇠종을 울렸다. 아이에게 종을 울려도 좋다는 허락이 떨어진 첫해였다. 아이는 그 일이 재미있기도 했지만, 남자에게 바보짓 하지 말라는 말을 들었기 때문에 진지한 일을 맡은 사람에게 꼭 필요한 공손함도 잃지 않으려고 노력했다.

댕그렁, 댕그렁.

그 아이가 나다. 남자는 나의 아버지였다.

몇 시간 동안 나와 아버지는 구세군이었다.

아버지는 기독교도가 아니었다. 적어도 구세군이나 남부침례교나 어머니의 기준에서 보면 그랬다. 그들 눈에 아버지는 이교도였고, 아버지는 오히려 그것을 자랑스러워했다. 나는 왜 이 훌륭한 이교도가 살아 계시는 동안 한 해도 빼놓지 않고 구세군 일을 했는지 궁금했다. 하지만 나는 아버지에게 이유를 묻지 않았다. 아버지도 설명하지 않았다. 그냥 해마다 나가서 구세군 일을 했다.

이제야 나는 아버지가 자주 하던 말 속에 그 이유가 있다는 것을 알게 되었다.

"네가 뭘 믿는지는 중요하지 않아. 중요한 것은 네가 어떻게 행동하느냐 하는 거야."

아버지가 돌아가신 뒤, 고모가 어렸을 때 집에 불이 나서 가진 것을 전부 잃었다는 이야기를 해주었다. 그때 도와준 사람이 구세군이었단다. 고모는 가족 모두 가난을 몹시 수치스럽게 여겼기 때문에 아무도 그 이야기를 하지 않았다고 했다.

구세군이 없었다면, 아버지 가족은 함께 살지 못했을 것이다. 구세군은 자신들이 설교한 것을 행동으로 옮겼다.

그제야 왜 아버지와 내가 매년 구세군 냄비 옆에 서 있었는지 이해되었다.

간단했다. 구세군 냄비에 빚을 졌으니 그대로 다른 사람에게 갚아라.

이 훌륭한 이교도는 옳은 일을 하는 데 꼭 기독교도나 유대인일 필요는 없다고 했다.

댕그렁, 댕그렁, 댕그렁!

# 여름 아르바이트

지난주 어느 날 밤에 도움이 절실한 두 젊은이가 현관문을 두드렸다.

"도움이 꼭 필요합니다."

말은 그렇게 했지만, 그리 절실해 보이지 않았다. 테니스화를 신고 청바지와 티셔츠를 입고 야구모자를 썼는데, 깔끔했다.

"저희는 열다섯 살이에요."

그것이 도움이 절실한 이유였다. 여름에 할 아르바이트 자리가 필요했지만, 아르바이트를 하려면 열여섯 살 이상은 되어야 했다.

"열다섯 살은 안 된대요."

한 명이 말했다. 나도 기억난다. 열다섯 살은 끼인 나이, 과도기적인 나이다.

"얼마나 절실한데 그러니?"

"정말로 절실해요. 돈을 벌 수 있다면 뭐든지 할게요."

잘된 일이었다. 마침 이런 조건으로 일을 해줄 사람을 찾던 터였다.

옆집 사람은 내가 땔나무를 너무 많이 쌓아놓았다며 투덜거리고 다녔다. 우리 집 땔나무가 너무 무거워서 집을 지탱하는 갑판이 휘어진다고 했다. 그 갑판은 공동 재산이기 때문에 장작은 제 문제이기도 하다는 것이다. 그뿐만 아니라 난로에 나무를 때면 공기가 오염되며, 따라서 다른 난방 방법을 찾아보지 않는 내가 무책임한 사람이라는 것이다. 좋다. 그의 의견에 동의한다. 그래서 나도 이제 더 이상 나무를 때지 않는다. 땔나무가 많이 쌓이게 된 것도 그 때문이다. 그런데도 옆집 남자는 계속 귀에 거슬리는 말을 하고 다녔고, 나는 슬슬 화가 나기 시작했다.

열다섯 살짜리들과 이야기하다, 문득 이 땔나무 소동을 평정할 기가 막힌 방법이 생각났다.

"얘들아, 할 일을 주겠다."

나는 문 앞에 서 있는 두 소년에게 말했다. 소년들은 아주 좋아했다.

"저기 갑판에 쌓여 있는 장작 보이지?"

"네."

"저걸 옆집에 세워진 커다란 녹색차로 가져가거라. 그러고는 차 안에 장작을 꽉 채워 넣는 거야."

"너무 많아서 트렁크에 다 안 들어가겠는데요?"

"그렇지. 그러니까 이쪽 문에서 저쪽 문까지, 바닥에서 천장까지 채워 넣으라는 거야. 남은 장작은 차 보닛이랑 지붕에 쌓아. 물론 남들 눈에 안 띄도록 조심스럽게 해야지."

"못하겠어요. 잡히면 큰일 나잖아요."

"각각 10달러씩 줄 테니 밤에 일하면 어때?"

"그럼 할게요. 그런데 하다가 들키면 어떡하죠?"

"각자 5달러씩 더 주면 안 들키겠지?"

"네."

"열다섯 살은 아직 청소년이야. 장작더미 좀 잘못 뒀다고 전기의자에 앉히진 않을 게다."

나는 늘 참고, 이성적으로 대처하고, 사소한 일로 야단법석 떠는 것에 신물이 났다. 요즘 나의 대응 방식은 직접, 그리고 빨리 하는 것이다. 1인 특수기동대라고나 할까. 나를 건드리지 마라. 그 집 현관에 장작을 쌓고 불을 붙이지 않은 것만 해도 운이 좋은 줄 알아야 한다. 나같이 선량한 사람이 그런 짓을 했다고 누가 믿겠는가? 그토록 오랫동안 온 힘을 다해 상냥한 신사로 위장해왔는데, 이제 나쁜 사마리아인이 가면을 벗고 정체를 드러낼 시간이 온 것이다.

주말에 이웃집 남자가 집을 비우고 어딘가로 떠났다. 나는 그가 비상열쇠를 어디에 숨기는지 알고 있었다. 어처구니없게도 차 뒤 범퍼 밑 틈새에 숨기는 것을 보았던 것이다. 나는 차 문을 열어놓았다. 밤이 되자 절박한 열다섯 살짜리 소년들이 장작을 옮기는 사랑스러운 소리가 들렸다.

다음 날 아침 장작이 없어진 것을 보니 흐뭇했다. 옆집 남자의 차는 움직이는 나무공장 같았다. 좋아. 집에 오면 발작을 일으키겠지? 재미있겠군.

여러분은 정말 이런 일이 있었는지 궁금할 것이다. 그렇기도 하고, 아니기도 하다.

소년들이 온 것은 사실이다. 옆집 남자와 장작 이야기도 사실이다. 내 마음속에서는 시나리오가 처음부터 끝까지 순식간에 스쳐 지나갔다. 정말 밤에 일을 벌이려고도 했다. 나도 이런 일을 저지르고 싶었던 순간이 있었다.

하지만 지금은 그렇지 않다. 나이를 먹으면서 현명해졌다. 아쉽다.

나는 장작을 옮기려는 소년들에게 그만두라고 하고 약속한 돈을 주었다. 옆집 남자는 사악한 유머감각을 지닌 교활한 악마이니, 내게 보복할지도 모를 일이었다. 소년들에게 돈을 주며 장작을 우리 집 목욕탕에 옮겨놓으라고 시키겠지. 이 생각을 하면 별로 재미있지 않다.

어쩌면 지금 나는 열다섯 살 때처럼 절박한 과도기를 보내고 있는지도 모르겠다. 자주 바보 같은 생각을 하고 행동으로 옮기기 직전까지 가니 말이다.

하지만 때로는 상상하는 것으로 만족해야 한다.

상상으로만 일을 벌이면 죄값을 치를 필요가 없어 편하다.

# 좋은 이웃

다음에 소개하는 여섯 가지 이야기는 모두 옆집 남자에 대한 이야기다.

이제까지 내가 살았던 곳들을 하나하나 생각해보면, 그곳에 사는 것이 좋았던 이유는 그 집 자체가 좋아서가 아니라 바로 좋은 이웃 때문이었다.

우리 대부분은 살면서 좋은 이웃을 만난다. 거꾸로 우리가 누군가의 좋은 이웃이 되기도 한다.

이웃과 나는 서로를 지켜보며, 좋든 나쁘든 서로에게 배운다. 옆집 사람들은 우리 삶에 지대한 영향을 미친다. 그러나 우리가 이웃을 선택하는 예는 거의 없다.

한번은 인디언 친구와 집을 보러 다녔다. 친구는 집의 위치, 상태, 가격 등 부동산을 고를 때 눈여겨보는 요건에 관심이 많았다. 그러나 그가 가장 중요하게 여긴 두 가지는 이웃과 나무였다. 친구는 뒤뜰에 크고 아름다운 나무가 있는 집을 발견하자 아주 찬찬히 집을 살폈다. 집을 살 결심을 굳히기에 앞서 이웃 사람들을 만나러 갔다. 그는 집은 고치거나 심지어 완전히 뜯고 다시 지을 수도 있지만, 나무를 멋지게 자라게 하는 데는 오랜 시간이 필요하다고 했다. 좋은 이웃은 삶의 질을 높여준다고도 했다. 나도 그 생각에 동의한다.

다음 이야기를 읽어보면 알겠지만, 나는 훌륭한 이웃을 만나는 커다란 행운을 누렸다. 이야기를 재미있게 만들기 위해 약간 과장을 했다. 그러나 많이는 아니다. 객관적인 사실은 모두 사실 그대로다. 옆집 남자 역시 실제로 있었다.

# 옆집 남자

몇 년 동안 가파른 언덕에 있는 낡은 여름 오두막에서 살았다. 이 집을 가리켜 부동산 중개업자는 '고풍스러운 멋'이 난다고 했다. 경치가 좋은 판잣집이라는 말이다.

집의 정신을 살린다는 생각으로 나는 마당을 '자연 그대로' 두었다. 마당에서 살고 싶은 것은 스스로 살아가도록 놔두었다. 현관 앞에서 마당의 살아 있는 모든 것에게 이렇게 소리친 기억이 난다.

"너희의 생존은 너희 자신에게 달렸다. 행운을 빈다!"

우리 집 위쪽에는 위싱턴 씨가 살았다. 그의 집은 목장에서 흔히 볼 수 있는 널빤지 지붕으로 된 타원형이었다. 집 뜰은 골

프장과 수목원을 합친 것 같았다. 뜰은 그의 자랑이자 기쁨이었다. 그는 나이가 꽤 들었고 보험판매원이었으며 바비큐와 양지머리 구이에 관한 한 최고의 요리사였다.

워싱턴 씨는 흑인이다. 나는 아니다. (사실 내 살빛은 분홍색에 가깝다.)

1960년대 후반 당시, 나는 시민의 권리와 평화를 외치는 열혈 운동가였으며, 극단적인 자유주의자였다. 워싱턴 씨도 그랬다. 그는 때때로 이렇게 말했다. 그가 사용한 단어까지 그대로 옮겨보겠다.

“풀검, 당신은 아래에서 올려다보는 흰둥이고, 나는 위에서 내려다보는 깜둥이야. 그거 잊지 말라고!”

그러고는 큰 소리로 웃고 또 웃었다.

그는 여러 면에서 나를 내려다보았다. 그리고 나는 여러 면에서 그를 올려다보았다. 그가 ‘깜둥이’라는 말을 쓸 때면 나는 마음이 불편했다. 나를 ‘흰둥이’라고 부르는 것은 아무렇지도 않았다. 그렇게 말할 때면 정겨웠다. 그러나 ‘깜둥이’라는 말은 아무래도 불편했다. 하지만 그는 자신을 그렇게 불렀고, 그러고는 늘 큰 소리로 웃었다.

워싱턴 씨는 자기 집 베란다에서 내 남루한 집을 재미있어 하며 포용하는 눈빛으로 내려다보았다. 그는 나를 참고 견디는 이유가, 내가 자기보다 칠리 요리를 잘하고 동네에서 가장 멋진 공구 세트를 갖고 있기 때문이라고 했다.

이따금 우리는 포커를 쳤다. 둘 다 시가를 좋아하지만, 아내들은 시가를 좋아하지 않는다는 공통점도 있었다. 우리는 시대의 흐름 속에서도 인종 간의 평등과 평화를 외치는 편에 같이 서 있었다. 또 재즈를 좋아했다. 한번은 저녁 내내 존 콜트레인John Coltrane과 조니 호지스John Hodges의 음악을 비교하며 시간을 보냈다.

그는 늘 웃음을 잃지 않았다. 세상이 아무리 험악해지거나 심각해져도 우리 모두가 처한 상황의 우스운 면을 보았다. 그의 웃음소리는 내가 들어본 것 중 최고였다.

글을 읽어보면 알겠지만, 우리는 일상의 삶을 정리할 때마다 독특한 방식으로 서로 도움을 주었다.

그는 지금 죽고 없다.

나는 정말 그가 보고 싶다.

바비큐 요리를 할 때면 그가 생각난다. 나는 그의 요리법대로 양념을 하는데도 그 맛이 나지 않는다. 요리하는 동안에 지었던 그의 웃음이 바로 맛의 비결이었던 것이다.

# 민들레가 꽃이 아니라고?

워싱턴 씨는 열광적인 잔디 옹호자였다. 그의 정원과 나의 정원은 경계가 애매했다. 그는 매년 어떤 제초제에 꽂혔다. 잡초를 먹어버리는 그 약을 애지중지했고, 창고에서 큰 통에 붓고 다른 것들과 섞어 정원에 뿌렸다. 이 일은 종종 우리 사이에 말썽을 낳았다.

어느 날 아침, 그가 내 정원에서 민들레에 제초제를 뿌리는 것을 보았다.

"자네가 별로 신경 쓰지 않을 거라고 생각했지."

그는 정당하다는 듯이 말했다.

"신경이요? 신경이라니요! 조금 전에 제 꽃을 죽였잖아요."

나는 신중하게 화를 표현했다.

"꽃이라고?"

그가 반문했다.

"이것들은 잡초지."

그는 경멸하는 눈초리로 내 민들레를 가리키며 말했다.

"잡초는 사람들이 원하지 않는 곳에 자라는 식물을 말합니다. 다시 말해서 잡초란 보는 사람에 따라 다른 겁니다. 제게 민들레는 잡초가 아니라 꽃이란 말입니다!"

내가 말했다.

"말똥 같은 소리 하고 있네."

그는 이렇게 말하더니 내 광기 어린 얼굴을 피하기 위해 쿵쾅거리며 집으로 들어갔다.

나는 우연히 민들레를 아주 좋아하게 되었다. 매년 봄이면 민들레는 정원 가득 섬세한 노란 꽃을 피운다. 내 도움 하나 없이 말이다. 민들레는 자기 삶을 살고, 나는 내 삶을 산다.

민들레 어린잎으로는 향긋한 샐러드를 만든다. 꽃은 연한 와인에 넣으면 섬세한 향기와 우아한 색조를 더해준다. 뿌리를 구워서 간 다음 끓이면 맛 좋은 커피가 된다. 새로 돋은 연한 잎으로는 기운을 북돋아주는 차를 만든다. 말린 잎은 철분, 비타민 A와 C가 많고 변비에 좋다.

민들레가 이 세상에 존재하기 시작한 것은 3천만 년 전부터다. 화석도 있다. 민들레의 가장 가까운 친척은 상추와 치커리다. 공식적으로는 국화과에 속하는 다년생 풀로 분류된다. '댄더라이언Dandelion'이라는 영어 이름은 '사자의 이빨dent de lion'이라는 뜻의 프랑스어에서 유래했다. 민들레는 유럽, 아시아, 북아메리카에 분포해 있는데, 인간의 힘을 빌리지 않고 스스로 퍼졌다. 병, 벌레, 열, 추위, 바람, 비 그리고 인간에 대한 저항력이 강하다.

민들레가 희귀하고 연약하다면 사람들은 민들레를 뿌리당 24.95달러라도 내고 살 것이다. 온실에서 키우며 민들레보호협회 같은 것도 만들겠지. 그러나 민들레는 지천에 널렸고, 사람의 도움을 필요로 하지 않으며, 어떤 면에서는 자기들 마음 내키는 대로 살고 있다. 그래서 우리는 민들레를 '잡초'라고 부르고 기회만 되면 죽인다.

그러나 나는 민들레가 꽃이라고, 그것도 아주 예쁜 꽃이라고 말하겠다. 그리고 내 정원에, 내가 원하는 곳에 민들레가 있는 것을 영광으로 생각한다. 민들레는 이제까지 말한 이점 말고도 또 다른 특징이 있으니, 민들레는 마법이라는 것. 꽃이 씨로 변할 때 "후!" 하고 불어서 씨를 줄기에서 떨어뜨릴 수 있다. 제대로 불어 작은 헬리콥터들이 모두 날아가면 소원이 이루어진다. 그러니 마법이다. 이성친구가 있다면 그 친구의 머리카락에 살짝 붙어서 화관을 만들어줄 것이다.

나는 옆집 남자에게 민들레에 견줄 만한 것이 자기 정원에 있는지 보여달라고 맞서고 싶다. 민들레의 좋은 점이 지금까지 말한 것으로도 부족하다면, 민들레는 공짜라는 점을 기억하라. 민들레를 꺾는다고 뭐라 할 사람은 아무도 없다. 원하는 만큼 가질 수 있다.

잡초니까!

• • •

민들레를 좋아하는 마음을 글로 썼더니, 그동안 사람들이 메일을 많이 보내왔다. 그 가운데는 민들레와인 만드는 법을 적은 메일도 몇 개 있었다. 100년 전 미국에서는 민들레와인이 흔한 술이었다. 그러나 내가 알기로 지금 민들레와인을 살 수 있는 곳은 아이오와 중부지방의 시더 래피즈 남서쪽에 있는 아마나 콜로니즈뿐이다. 민들레와인을 사려면 이곳으로 가야 한다.

하지만 직접 담그는 것도 그리 어렵지 않다.

먼저, 경험을 통해 어렵게 얻은 몇 가지 조언을 하겠다. 정말 와인을 만들 생각이라면, 양조에 필요한 물건을 파는 가게에 가서 전문가에게 술을 담글 때 필요한 도구와 기술을 꼭 알아보라. 처음 술을 담글 때 이렇게 하지 않았다면, 두 번째 할 때라도 꼭 그렇게 하길 바란다.

이제 민들레와인 만드는 법을 소개한다. 이 방법으로 약 1갤런(약 3.78리터)의 와인을 만들 수 있다.

장비를 갖추고 계획을 짠다. 예를 들어 약 6갤런(약 22.7리터)짜리 항아리에 넣을 물을 어디에서, 어떻게 끓일 것이지 등을 정한다.

4월이나 5월의 날씨 좋은 날에 민들레꽃을 6쿼트(약 5.7리터) 정도 따서 모은다. 꽃을 씻으면 안 된다. 따라서 살충제나 비료를 뿌린 곳의 꽃은 따지 말라. 중요하다.

꽃을 6갤런짜리 항아리 안에 넣는다. 항아리에 끓는 물을 가득 붓고 무명천으로 항아리를 덮는다. 그렇게 꽃을 물에 담근 채 하룻밤을 보낸다.

이튿날 체로 밭쳐 꽃을 걸러내고 다시 무명천으로 걸러내 맑은 액체를 얻는다. 액체를 항아리에 붓고 거기에 레몬 다섯 조각, 오렌지 다섯 조각, 노란 건포도 2파운드(약 0.9킬로그램), 양조용 효모, 정제하지 않은 설탕 5파운드(약 2.26킬로그램)를 넣고 잘 젓는다.

항아리를 따뜻하고 외풍 없는 곳에 두고 깨끗한 수건으로 덮어놓는다. 일주일쯤 거품이 없어질 때까지 하루에 한 번씩 저어준다. 거품은 매일 걷어낸다. 하루나 이틀 동안 침전물이 가라앉게 놔둔다.

빨대로 민들레와인을 빨아올려 깨끗한 병에 담은 다음, 코르크마개나 돌리는 마개로 막는다. 12월까지 병을 선선하고 건조한 곳에 둔다. 민들레와인은 담근 첫해에 마셔도 되지만 몇 해 동안 놔두면 시간이 지날수록 맛이 더 좋아진다.

병에 꽃을 딴 날과 그날의 날씨를 같이 적어놓으면 와인 속에 봄의 기억이 녹아든다. 민들레와인은 맑고 따뜻한 노란색을 띠어야 한다. 와인을 만들기 시작한 4월이나 5월의 화창한 날처럼 말이다. 경험에서 얻은 조언을 한 가지 더 하자면, 다른 사람에게 나누어 주기 전에 한두 병을 따서 맛을 보고 제대로 되었는지 확인한다.

와인을 만드는 것은 예술이다. 마시기 좋은 와인을 만드는 기술을 얻으려면 세 번은 담가봐야 한다.

그러나 와인의 질이 어떠하든 훌륭한 경험은 늘 남는다. 잡초로 와인을 만든 추억 말이다.

## 지팡이를 닦는 의식

옆집 남자가 어제 자기 집 처마의 물받이를 청소했다. 수직으로 내려오는 홈통도 씻어냈다. 그는 전에도 물받이와 홈통을 청소한 적이 있다. 작년에도 그가 청소하는 것을 보았으니까. 놀라울 뿐이다. 나는 마흔 살이 되어서야 사람들이 물받이와 홈통도 청소한다는 것을 알았다. 아직까지 한 번도 그 일을 해보지 못했다.

나는 홈통을 청소하는 사람들을 경외의 눈길로 쳐다본다. 이들은 정돈된 삶을 살고, 할 일을 항상 잘해내는 사람들이다. 나는 매달 수표장의 잔액이 딱 맞아떨어지게 하는 사람들을 안다. 믿어지지 않지만 정말 그런 사람들이 있다.

그들은 서류장에다 단정하게 날짜순으로 중요한 서류를 보관해둔다. 어떤 물건이 필요할 때는 금세 찾는다. 싱크대, 옷장, 차 트렁크 안까지 잘 정돈한다. 1년에 한 번씩 난로의 필터를 갈고, 기계에는 기름을 친다. 그들이 사용하는 손전등은 늘 불이 잘 들어온다. 게다가 그들은 손전등이 어디에 있는지도 알고 배터리 여분까지 준비해놓는다.

그들은 차를 언제 마지막으로 점검받았는지도 기억한다. 창고 안의 공구들은 가지런히 못에 걸려 있다. 있어야 할 바로 그 자리에 있다. 그들은 세금을 어림짐작하거나 세금이 덜 나오길 기도하지 않는다. 사실에 근거해 계산한다. 잠자리에 들 때면, 해야 할 일은 모두 끝낸 상태다. 그리고 아침에 일어나면 깨끗한 새 가운이 옆에 놓여 있다. 양말은 서랍 안에 짝을 맞추어 잘 개켜 있다. 그렇다! 그들은 문을 열고 새로운 하루 속으로 걸어나간다. 차 열쇠가 어디 있는지 잘 알고, 차의 배터리 상태나 직장까지 갈 기름이 있는지에 대해 걱정하지 않는다.

그런 사람들이 있다. 이 모든 것을 다 갖고 사는 사람들. 혼돈의 지배나 엔트로피의 법칙(모든 자연 현상은 무질서해지려는 방향으로 일어난다는 법칙–옮긴이)에서 제외된 사람들. 나는 매일 주변에서 그런 사람들을 본다. 그들은 차분하고 편한 사회의 기둥들이다. 고등학교 졸업 앨범을 보면, 학창 시절에 부러워하던 아이들이 있다. 바로 그들이다.

나는 그들 틈에 끼지 못한다. 나는 작은 어려움을 피하려다 큰 어려움을 만나는 사람에 가깝다. 나의 일상생활은 큰 닭장 속에서 닭을 쫓는 끝없는 허드렛일 같은 일의 연속이다. 공습 훈련 같은 삶이다. 더 자세한 이야기는 하지 않겠다.

그러나 내가 자주 하는 공상이 하나 있다. 바로 지팡이를 윤이 나게 닦는 공상이다. 어느 날 원로위원회 위원들이 집으로 찾아와 지팡이 닦는 의식을 수행할 시간이 되었다고 알려준다. 이 의식은 선한 마음을 가졌지만 고질적으로 정리정돈을 못하는 사람들을 위한 통과의례다.

어떻게 진행되는가 하면 이렇다. 당신이 선택된다. 이유는 당신이 아주 좋은 사람이고 이제 자유로워질 시간이 되었기 때문이다. 먼저 일주일 동안 모든 의무에서 해방된다. 스케줄이 하나도 없다. 회의도 없고, 내야 할 청구서도 없고, 응답해야 할 편지와 전화도 없다. 여러분은 아주 조용하고 평온한 장소로 이끌려간다. 거기서 사람들의 보살핌을 받으며 잘 먹고 종종 칭찬도 듣는다. 당신이 할 일은 단 한 가지, 지팡이를 윤이 나게 닦는 것이다. 사람들은 당신에게 사포와 레몬기름과 헝겊을 준다. 물론 지팡이도 준다. 괜찮은, 그러나 흔히 볼 수 있는 나뭇가지 하나. 당신이 할 일은 나뭇가지를 문질러 닦는 것뿐이다. 할 수 있는 만큼, '이제 되었다.' 싶을 때까지 윤이 나게 문지른다.

그 주가 끝날 때쯤 원로들이 돌아온다. 그들은 진지하게 당신이 한 일을 살펴본다. 그러고는 기술과 감수성과 영적 통찰

력에 대해 칭찬해준다. 그들은 이렇게 외친다.

"이제까지 이렇게 반들반들하게 윤이 나는 지팡이는 없었어!"

당신의 사진이 텔레비전과 신문에 나고, "선한 마음과 좋은 의도를 가진 어떤 사람이 철저하고 완벽하고 아주 훌륭하게 지팡이를 닦았다."라는 이야기가 퍼진다. 당신을 데려왔던 사람들이 당신을 다시 집까지 데려다준다. 조용한 승리다. 가족과 이웃은 존경의 눈길을 보낸다. 길거리를 지날 때면 사람들이 알아보고, 미소 짓고, 손을 흔들며 최고라는 표시로 엄지손가락을 들어올린다. 이제 당신은 존재의 다음 단계로 들어간 것이다.

그러나 더 좋은 일이 있다. 이제부터는 처마의 물받이나 수직으로 내려오는 홈통을 무시해도 된다. 수표장, 서류, 옷장, 서랍, 세금, 심지어 차의 트렁크까지 정리해주는 사람이 따로 있다. 이런 것은 신경 쓰지 않아도 된다. 당신은 '해야 할 일'이라는 구속에서 영원히 자유로워졌다. 왜냐하면 지팡이를 윤이 나게 닦았으니까!

벽난로 선반 위에 걸려 있는 그 지팡이를 보라. 자랑스러워하라. 정말로 중요한 일을 해낸 것이다. 그것으로 충분하다.

# 이상한 원칙

여러분이 우리 옆집 남자에게 직업이 무엇이냐고 묻는다면, 그는 자신이 조직적인 범죄와 관련 있는 전문 도박꾼이라고 말할 것이다. 사실 그는 보험설계사다. 그는 자신의 직업을 한 수 낮춰보는 건강한 직업관을 갖고 있으며, 이런 회의적인 관점은 삶의 철학에서도 마찬가지다. 그는 이렇게 말한다.

"우리는 모두 도박꾼이야. 사람들 다 말이야. 그리고 삶은 도박과 포커와 경마의 연속이지."

그러고는 이렇게 덧붙인다.

"난 게임을 아주 좋아한다네."

그러나 그는 분산투자로 위험을 막는 것을 중요하게 여기고,

실제로 상황이 이상야릇할 때는 돈을 둘로 나누어 걸어 자신을 보호했다. 이런 철학은 그의 사무실 벽에 걸린 다음과 같은 글에 그대로 표현되어 있다.

늘 동료를 믿으라. 그리고 늘 패를 돌리는 사람이 되라.
늘 신을 믿으라. 그리고 늘 언덕 위에 집을 지으라.
늘 네 이웃을 사랑하라. 그리고 더불어 살기에 좋은 이웃을 고르라.
경주에서 늘 빠른 주자가 이기는 것은 아니고, 전투에서도 늘 강한 자가 이기는 것은 아니다. 그러나 내기에서는 빠른 자와 강한 자에게 걸라.
부당한 일을 당하면 '참고 감수한다'와 '더는 못 참는다'의 중간쯤으로 처신하라.
'서두르면 일을 망친다'와 '주저하면 진다'의 중간쯤으로 행동하라.
이기는 것은 중요하지 않다. 진짜 중요한 것은 어떻게 게임을 하느냐다.
지는 것은 중요하지 않다. 진짜 중요한 것은 어떻게 게임을 하느냐다.
그러나 게임을 하는 것은 이기기 위해서다!

그가 정말로 이렇게 생각할까? 이 원칙에 따라 살까?

나는 모른다. 하지만 나는 그와 포커를 치고, 그를 통해 보험도 들었다. 나는 그의 이상한 원칙을 좋아한다.

# 눈은 어디로 가는가

옆집 남자와 나는 서로 의심의 눈초리로 바라본다. 가만히 보니, 그는 낙엽을 쓸어버리고 눈을 치워버린다. 땅의 섭리를 방해하는 사람이다. 대자연을 정복했던 종족의 후예라고나 할까. 한편, 그는 나를 단순히 게으르다고 생각한다.

가을이면 그는 매주 뜰로 나와 낙엽을 쓸어담는다. 눈이 오면 삽으로 힘들게 흰 눈을 퍼서 치운다. 한 번은 열의에 차서인지, 화가 나서인지 단단하게 얼어붙은 서리까지 삽으로 파서 치웠다.

"늙은 자연이 내 앞을 가로막게 내버려둘 수 없어."

그러면 나는 그에게 말한다. 잎을 떨어뜨리는 나무를 준 것도 신이라는 생각을 못한다고. 잎은 수천 년간 땅에 떨어졌으며, 땅은 낙엽 긁는 갈퀴와 사람들이 있기 전에도 아주 잘 있었다고. 자연은 자연이 원하는 곳에 나뭇잎을 떨어뜨리며, 그 잎은 흙이 더 많아지게 한다고. 우리에게는 흙이 부족해지고 있으며, 더 필요하다고.

나는 그에게 눈에 대해서도 말한다. 눈은 우리의 적이 아니라고. 눈은 신이 인간에게 삶의 속도를 늦추고 하루 종일 침대에서 뒹굴며 푹 쉬라는 뜻에서 내려주는 것이라고. 게다가 눈은 저절로 녹고 낙엽과 섞여 흙을 만든다고. 비료를 생각해보라고.

그의 정원은 깔끔하다. 인정할 것은 인정하겠다. (깔끔한 것이 중요하다면 말이다.) 그는 눈이 많이 오는 날에도 차를 타러 가다가 넘어지는 일이 없다. 사실 나는 미끄러져 넘어진 적이 있다. 그는 좋은 이웃이다. 낙엽을 쓸어버리고 눈을 치워버리는 사람이지만, 그런 정도는 포용할 수 있다.

지금도 나의 정원은 빨강, 노랑, 초록, 갈색이 어우러져 오리엔탈 카펫 같다. 그의 정원은 그렇지 않다. 그가 눈을 치우는 동안 나는 내년 7월에 오렌지주스와 섞을 물을 만들기 위해 병에다 눈을 담고, 눈 오는 소리를 테이프에 녹음하고, 그 테이프를 잘 포장해 크리스마스 선물로 준다. (눈은 참 쓸모가 많다.)

나는 옆집 남자에게도 겨울눈이 든 병 하나를 눈 오는 소리가 담긴 테이프와 함께 포장해 크리스마스 선물로 주었다. 그는 낙엽 치울 때 쓰는 갈퀴를 선물했다. 우리는 서로에게 이런 도구를 적절히 사용하는 법을 가르쳐주고 있다. 나는 그가 종교가 없다고 생각하고 그를 종교에 귀의시키려고 한다. 그는 내가 너무 종교적이라고 생각하고 좀 뒤로 물러나게 만들려고 한다.

그러나 마지막에는, 마지막에는, 이 모든 것의 정말 마지막에는 내가 이기게 되어 있다. 왜냐하면 낙엽을 치우든, 눈을 치우든, 그대로 놔두든 상관없이 그와 나뿐만 아니라 여러분까지도 낙엽과 눈이 변해서 되는 그것이 되고, 낙엽과 눈이 가는 그곳으로 가기 때문이다.

# 당신이 모르는 사이

머리카락은 한 달에 약 반 인치씩 자란다. 어디서 이 사실을 알게 되었는지 모르지만, 이발사 이야기를 나누다 워싱턴 씨가 꺼낸 말이다. 그렇다면 지난 16년간 내 이발사는 내 머리와 얼굴에서 8피트(약 2.5미터) 정도의 털을 깎은 것이다.

그러다가 이발사에게 머리 자를 시간을 예약하려고 전화를 했는데, 그가 건물 보수 때문에 가게 문을 닫았다는 것을 알게 되었다. 뭐라고? 어떻게 그럴 수 있단 말인가? 내 이발사가. 마치 가족 중에 누군가가 죽은 것 같은 느낌이었다. 우리 관계에는 머리카락에 관련된 통계보다 훨씬 더한 무엇인가가 있었다.

우리는 '이발사'와 '손님'으로 만나기 시작했다. 그러다가 '무식한 백인 노동자 이발사'와 '좌파 지식인 목사' 사이가 되었다. 우리는 한 달에 한 번 세상과 삶에 대해 의견을 나누었다. 시민권과 베트남전과 수많은 선거에 대해 말다툼을 벌였다. 우리는 독특한 방식으로 상대의 거울이 되어주고, 비밀을 나누는 절친한 친구, 고해성사를 들어주는 신부, 상담치료사, 말벗이 되어주었다. 30대를 같이 보냈고 40대도 함께했다.

우리는 토론하고 논쟁하고 농담했다. 그러나 둘 사이에는 항상 사려 깊은 존중이 있었다. 뭐니 뭐니 해도 나는 그의 손님이었고, 그는 손에 면도기를 쥐고 서 있었기 때문이다.

나는 그의 아버지가 시골 경찰이었고, 그가 작은 마을에서 가난하게 자랐으며 인디언에 대해 편견이 있다는 것을 알게 되었다. 그는 나 역시 작은 마을 출신이고 흑인에 대해 편견이 있다는 것을 알게 되었다. 우리 아이들은 또래였고, 그래서 아이들을 기르며 과정마다 같은 고민을 했다. 우리는 아내, 아이들, 차, 정원에 대한 이야기를 나눴다. 나는 그가 휴일이면 양로원에 가서 무료로 노인들의 머리를 잘라준다는 것을 알게 되었다. 그 역시 나에 대해 몇 가지 좋은 점을 알아냈으리라.

나는 이발소 밖에서 그를 본 적도, 그의 아내나 아이들을 본 적도, 집에 가본 적도, 함께 식사를 해본 적도 없다. 그러나 그는 내 삶에 늘 함께하는 아주 중요한 사람이 되었다. 우리가 이웃에 살았어도 그렇게 중요한 관계를 맺지는 못했을 것이다. 우리 관계는 특별한 거리감에서 생긴 것이었다. 그가 떠났다니

진짜 상실감이 몰려왔다. 머리카락이 8피트나 되면 이상해 보이겠지만, 다시는 머리를 자르고 싶지 않았다.

우리는 잘 깨닫지 못하지만 서로의 삶에서 중요한 자리를 차지하고 있다. 길모퉁이 식품점의 남자, 자동차 정비소의 수리공, 주치의, 선생님, 이웃, 동료들이 그렇다. 항상 '거기에' 있는 좋은 사람들, 작은 일에서 중요한 사람으로 믿고 의지할 수 있는 사람들. 매일 우리를 가르쳐주고 축복해주고 용기 내게 해주고 지지해주며, 우리가 더 나은 삶을 살도록 해주는 사람들. 우리는 그 사람들에게 그렇다고 말을 하지 않는다. 왜 그런지 모르겠지만, 말을 하지는 않는다.

그리고 우리 역시 그런 역할을 하고 있다. 우리를 의지하고, 우리를 지켜보며, 우리에게서 배우고 뭔가를 가져가는 사람들이 있다. 언제 누가 그러는지 우리는 결코 모른다.

자신을 과소평가하지 말라.

자신이 중요하다는 증거를 찾지 못했을 수도 있지만, 여러분은 자신이 생각하는 것보다 중요하다. 여러분 없이는 살 수 없는 사람들이 항상 있다. 문제는 그 사람이 누구인지 늘 알지는 못한다는 것이다.

어느 늙은 수피교도의 이야기가 생각난다. 그는 착한 사람이어서 신이 한 가지 소원을 들어주기로 했다. 그는 자기도 모르는 사이에 좋은 일을 하게 해달라고 했다. 신은 그 소원을 들어주었다. 그러고 나서 아주 좋은 생각이라고 여겨 모든 사람들에게 그 소원을 들어주었다.

그렇게 해서 오늘날까지 이어져오고 있다.

# 나는 나의 삶을 다시 살 것이다

# 3부

지금 알고 있는 것을 그때도 알았더라면
어떻게 달리 살았을까 고민하고 나니
다음 질문에 대답할 수 있게 되었다.
"지금 생을 다시 살아야 한다면, 어떻게 하겠는가?"
모든 것을 고려하고 신중하게 생각해봐도
나는 나의 삶을 다시 살겠다.

ALL I REALLY
NEED TO KNOW
I LEARNED
IN KINDERGARTEN

## 우리의 위치를 잃지 않으려면

나와 사랑하는 아내는 카탈로그 중독자가 되었다. 일단 이름이 명단에 올라가면 온갖 카탈로그를 다 받아볼 수 있다. 특히 가을에는 카탈로그가 우편함을 꽉 채운다. 우리는 저녁을 먹고 나서 벽난로 옆에 앉아 우리에게 없는, 그리고 이제껏 있는 줄도 몰랐던 산뜻한 상품에 감탄하며 카탈로그를 훑어본다. 어린 시절 시어스백화점의 최신 카탈로그가 더 많은 물건을 갖고 싶어하는 욕망의 불에 기름을 붓던 때와 같은 느낌이다.

아내는 내게 정말로 갖고 싶은데 갖지 못한 것이 무엇이냐고 물었다. 나는 머리에 떠오르는 것을 다 말하지는 않았다. 일단 정욕과 식욕과 변덕스러운 욕심 따위의 바보 같은 생각을 제쳐

두자, 우리 이야기는 좀 더 의미 있는 방향으로 흘러갔다.

나는 하루 동안 다른 사람의 마음과 눈을 통해 세상을 보고 싶다. 다른 사람들 속에 들어가 그들이 무엇을 보는지, 무엇을 생각하는지 알았으면 좋겠다.

1984년 여름의 어느 아침으로 돌아가 그날을 꼭 그대로 다시 한 번 살고 싶다.

농담을 이해할 수 있을 정도로 외국어 하나를 잘하고 싶다.

소크라테스와 이야기를 나누고 싶고, 미켈란젤로가 다비드상을 조각하는 모습을 지켜보고 싶다.

탭댄스를 진짜 잘 추고 싶다.

1백만 년 전의 세상을 보고 싶고, 1백만 년 후의 세상도 보고 싶다.

그밖에도 하고 싶은 것이 많으니, 우리 이야기가 어떻게 흘러갔는지 짐작이 갈 것이다.

우리는 밤늦게까지 이야기를 계속했다. 우리가 원하는 어떤 것도 카탈로그에서는 주문할 수 없었다. 향수와 상상으로 만들어진 욕망이요, 꿈의 상자 속에 들어 있는 것이기 때문이다.

무엇보다도 할아버지가 살아 계셨으면 좋겠다. 나는 친할아버지와 외할아버지 두 분 다 알지 못한다. 친할아버지는 1919년 텍사스의 어느 술집에서 총에 맞아 돌아가셨다. 외할아버지는 같은 해 어느 날 아침 출근한다고 집을 나서서는 영원히 돌아오지 않았다. 왜 그랬는지 나는 아직도 모른다. 이유를 아는 사람들은 얘기를 해주지 않는다.

나는 내 마음속 동화 공장에 할아버지가 계시다면 어떤 모습일까 하고 상상해본다.

할아버지는 나이가 지긋하고 지혜로운, 진짜 할아버지다운 할아버지일 것이다. 철학자 같기도 하고, 마법사 같기도 하고, 도사 같기도 한 할아버지 말이다. 할아버지는 내게 전화해 새로운 태양계 사진에 대한 뉴스를 들었느냐고 물어본다. 우리 태양계의 태양보다 두 배나 크고 열 배나 밝은 베타 픽토리스라는 별이 발견되었다고 한다. 별 주위에는 지름이 4백억 마일이나 되는 원반 모양의 고체 입자 떼가 있으며, 그중 어떤 입자는 행성일 수도 있다. 별은 지구에서 50광년 떨어진 아주 먼 곳에 있다. 할아버지는 내게 집으로 와서 같이 밖으로 나가 별을 보며 밤새도록 이야기하자고 한다.

나는 할아버지 집에 간다. 할아버지와 나는 밝은 람바 사기타리 별과 겹칠 정도로 가까워진 금성과 목성, 서남쪽 하늘에서 달리는 큰 날개 달린 말 페가수스를 본다. 머리 바로 위에는 뿌연 안개 같은 안드로메다 성운이 보인다. 여름이 되면 동쪽에서 서쪽으로 흐르는 은하수도 보인다.

떨어지는 별똥별을 보며 할아버지는 1910년에 본 핼리혜성 이야기를 해준다. 그해 5월 18일에서 19일로 넘어가는 밤, 할아버지는 인류 역사에서 어쩌면 가장 많은 사람들이 동시에 체험한 일을 목격했다. 세상은 핼리혜성을 보며 환호하는 사람들과 두려움을 느끼며 공포에 떠는 사람들로 나뉘었다. 할아버지는 핼리혜성이 다시 올 때 자신을 대신해서 꼭 보겠다는 약속을 하란다. 나는 약속한다.

새벽이 올 때쯤이면 머리 위 하늘을 지배하는 위대한 사냥꾼 오리온에 대해 이야기를 나눈다. 베텔게우스와 벨라트릭스, 오리온 허리 부분의 성운, 밤하늘에서 가장 밝은 별인 시리우스를 향해 있는 발 부분의 리겔과 사이프에 대해서도 이야기한다. 우리 인간이 참으로 오랫동안 똑같은 별들을 보고 똑같은 생각을 하며 살아왔다는 이야기를 나눈다.

이어서 지구와 마찬가지로 저 하늘 어딘가에도 생명체가 있고, 어떻게 생겼든 간에 우리를 보고 있을 것이라는 이야기를 한다. 그곳에서 보면 우리 지구도 빛날까? 우리 지구도 그곳에 사는 존재들이 상상력과 경이로움으로 만들어낸 밤하늘 별자리의 일부분일까? 할아버지는 그렇게 생각한다고 말한다. 우리는 믿을 수 없을 만큼 놀라운 어떤 것, 상상할 수 있는 것보다 훨씬 더 놀라운 어떤 것의 일부이며 그 속에서 우리의 위치를 잃지 않으려면 가끔씩 나가서 하늘을 봐야 한다고 말한다. 그러고 나서 우리는 잠자리에 든다.

여러분은 나의 할아버지를 좋아할 것이고, 할아버지도 여러분을 좋아할 것이다. 할아버지가 어디에 계시든 즐거운 할아버지날을 맞으시길……. 여러분이 나의 할아버지를 만난다면, 함께 별을 보러 가자고 해보라.

그리고 할아버지가 크리스마스 때 집에 오기를 내가 진정으로 바란다는 말을 전해주길…….

## 할아버지가 되는 연습

나는 할아버지에 대해 이야기하는 것이 좀 불편하다. 글을 읽는 여러분은 좀 혼란스러울 것이다. 나는 확실히 혼란스럽다. 여러분은 앞의 글을 읽으며 내가 말하는 할아버지가 진짜 계신 분인지 아닌지 의아했을 것이다. 한 분은 오래전에 돌아가셨고, 또 한 분은 사라지셨다지 않았던가. 내가 말하는 할아버지는 과연 누구일까?

나는 두 분 다 존재하기도 하고, 존재하지 않기도 하다고 대답할 수밖에 없다. 대답은 '실재'의 의미에 따라 달라진다. 나는 그리움이 아주 강렬해서 필요로 하는 것이 마음속에서 진짜가 되어도 해가 될 것은 없다고 생각한다. 피카소가 "당신이 상상할 수 있는 모든 것은 실재한다."라고 했는데, 나는 이 말을 이해한다. 내가 말하는 할아버지는 그리움과 상상으로 만들어진 분이다.

어떤 의미에서 우리는 친지를 만들어낸다. 아버지, 어머니, 형제, 자매, 친척 말이다. 특히 그들이 세상을 떠났거나 멀리 떨어져 있을 경우에 그렇다. 우리는 전체의 일부에 불과한 우리가 아는 것에다 바라고 필요한 것을 덧붙여 조각조각 기워서 가족이라는 조각이불을 만든다. 그리고 마음의 소파에 누워 그 조각이불을 뒤집어쓴다. 나는 얼마 전 일곱 명의 친지들과 어떤 친척에 대해 따로따로 이야기했는데, 일곱 명 모두 이야기가 달랐다. 기억은 만들어진다. 증인이 많아도 무엇이 진실인지에 대해서는 항상 갈등이 있는 법이다.

우리는 자신도 만들어낸다. 있는 그대로의 모습에다 되고 싶은 모습을 섞어서 되어야 하는 모습으로 만든다. 왜 그럴 수밖에 없는지 모르겠지만, 어쨌든 그렇다. 이 점을 알면 도움이 된다. 나는 내가 바라는 할아버지의 모습을 생각하며 앞으로 내가 되고 싶은 할아버지의 모습을 준비했다. 지금도 그러고 있다. 이것은 앞으로의 내 모습을 가장 훌륭하게 만들기 위해 지금의 나를 이용하는 한 가지 방법이다. 준비를 하는 것이다.

내가 할아버지 이야기를 처음 썼을 때만 해도 나는 할아버지가 아니었다.

이제 나는 할아버지다. 그것도 손자가 일곱이나 되는 할아버지다.

나의 할아버지 이야기는 전에도 진실이었고 지금도 진실이다. 전에는 내가 갖고 싶은 할아버지에 대한 이야기였기 때문에 진실이었다면, 지금은 할아버지가 된 나의 이야기이기 때문에 진실이다.

나는 내가 쓴 이야기대로 살아왔다.

—— *

# 보통의 기적

이 글 속의 할아버지는 내가 되고 싶은 할아버지다.

지난 화요일에 할아버지가 전화해서 축구 경기에 데려가 달라고 부탁했다. 할아버지는 시골 고등학교의 축구 경기를 좋아한다. 여덟 명이 하는 동네 축구 경기는 더 좋아한다. 할아버지는 아마추어와 소규모 경기의 팬이다. 어떤 사람들은 어째서 나쁜 사람들에게 좋은 일이 일어나는지 고민하고, 또 어떤 사람들은 어째서 좋은 사람들에게 나쁜 일이 일어나는지 고민하며 산다. 나의 할아버지는 보통 사람들에게 일어나는 기적의 시간에 관심이 있다. 여기서도 사소한 것들을 좋아하시는 성품이 드러난다.

이름도 못 들어본 마을의 이름 모를 아이들로 이루어진 무명 팀이 새 유니폼을 빼입은 고급 주택가 아이들에 대항해 아무것도 잃을 것 없다는 자세로 싸운다. 자기네 골라인에서 상대편 골대까지 긴 패스를 하고, 왜소한 1학년 아이가 공을 세 개나 연속으로 잡아내어 경기에서 이긴다. 그 순간 우리 마음은 후련해진다. 기적이 일어난 것이다.

할아버지는 "머피의 법칙이 항상 맞는 건 아니야."라고 말했다. 정말 가끔가다 한 번 우주의 기본 법칙이 잠시 멈추고, 모든 것이 제대로 돌아가는 듯하다. 게다가 아무것도 이렇게 되는 것을 막지 못하는 것 같다. 승리가 항상 긴 패스나 덩크슛처럼 극적인 것에만 있지는 않다. 예를 들어보자.

설거지를 하다 유리잔을 싱크대에 떨어뜨렸는데 아홉 번이나 튕기고도 깨지지 않은 적이 없는가? 퇴근하려고 나와서 보니 자동차 라이트를 하루 종일 켜놓아 배터리가 나갔지만, 차를 언덕 위에 세워놓은 덕에 굴리며 클러치를 밟은 순간 시동이 걸려서 기분 좋게 떠난 적이 없는가? 잡동사니가 든 책상서랍을 너무 세게 여는 바람에 서랍 속 물건들이 몽땅 쏟아지려는 순간, 무릎 한쪽으로 서랍을 받치고 발로 균형을 잡아 그것들을 지킨 적이 없는가?

사거리에서 아슬아슬하게 사고를 피한 일, 우유를 쏟았지만 테이블에만 흐르고 바닥으로는 떨어지지 않은 일, 계좌에 잔고가 없어서 부도가 나나 싶었는데 마침 공휴일이어서 무사했던 일, 걱정하던 유방의 멍울이 암이 아니라고 밝혀진 일, 심근경색인 줄 알았는데 배에 가스가 찬 것이라고 밝혀진 일, 차가 막혀서 차선을 바꿨더니 시원하게 잘 달렸던 일, 잠긴 자동차문을 옷걸이철사로 단번에 열었던 일 등 여러분도 경우는 다르지만 이런 경험을 했을 것이다.

평범하기 그지없는 하루하루 보통 사람들에게 작은 기적이 일어날 때, 최악의 상황을 피했을 뿐만 아니라 결코 있을 수 없을 것 같았던 일이 일어나는 선물까지 받을 때, 안 될 것 같던 일이 일어날 때 얼마나 기분이 좋은가.

할아버지는 잠자리에 들 때마다 오늘도 잡아먹히지 않고 오히려 잘 먹고살아서 하나님께 감사 기도를 드린다고 한다.

나도 그 기도를 알고 있다.

"이제 저는 잠자리에 듭니다. 아마추어들의 평안 속에 잠드니 이들에게 많은 축복을 내려주소서. 오늘 하루도 잘 지나가게 해주셔서 감사합니다. 하나님. 아멘."

—— *

# 당신의 시민권 기간이 끝났습니다

"알림. 귀하의 시민권이 만료되었습니다."

뭐라고? 그렇다. 시민권에 기한을 정한 것이다. 그렇게 하면 안 될 이유라도 있는가? 기한을 정해두는 것은 꽤 괜찮은 생각인 것 같다. 선거에서 당선된 공무원이 그 자리에 너무 오래 있으면 부패하게 된다. 시민이라는 정치적 지위를 가진 우리도 마찬가지다. 시민을 포함한 모든 지위에 엄격한 기준을 적용해야 한다.

12년마다 시민권이 만료된다고 가정해보자. 다시 시민 자격을 얻으려면 심사를 받아야 한다. 처음에는 이 나라에서 태어났다는 이유만으로 아무 심사 없이 시민권을 받았다. 그러나 이제는 시민이 될 만한 자격이 있음을 입증해야 한다. 연장되거나 끝이거나 둘 중 하나다.

미국 시민이 되려는 외국인을 심사하기 위해 정한 기준을 우리에게 적용해보자. 기준이 계속하여 새로 만들어지긴 하지만 현재를 기준으로 간략하게 기본적인 자격 요건을 소개하면 이렇다.

우선 영어를 읽고 쓰고 말하고 이해할 수 있어야 한다.

벌써 여기서부터 곤란한 사람이 많을 것이다.

또 최근에 찍은 사진을 내야 한다. 내 친구들은 대부분 늙고 추하고 화를 잘 낸다. 외모를 본다면, 이들은 실격이다.

(잠시 내가 융통성 없고 비꼬기 좋아하는 사람이라는 것을 깨닫고 글쓰기를 멈춘다. 최근 처갓집 친척이 시민권 얻는 일을 도와주면서 실제 정부 서류에 아주 당황스러운 질문이 많다는 것을 알게 되었다.)

신체검사도 통과해야 한다. 결핵, 에이즈, 성도착증이나 정신병이 없어야 한다.

이런 검사를 하려면 신청료, 변호사료, 진찰료, 공증료 등 돈이 든다.

재정적인 지원을 받고 있다는 것을 증명해야 한다. 여러분을 후원해주는 사람이 있어야 한다. 정부는 의무적으로 내야 하는 돈을 내지 않았을 때를 대비해 누군가의 은행계좌를 손에 쥐고 있기를 바란다. 이런 기준을 보면 가난한 사람, 장애가 있는 사람에게는 문이 활짝 열려 있는 것 같지 않다.

여기에 몇 가지 '부가적인 자격 요건'이 더 있다.

공산주의자, 나치, 테러리스트였던 적이 있는가? 인종, 종교, 국적 혹은 정치적인 생각이 다르다는 이유로 어떤 사람을 박해한 적이 있는가? 세금을 안 낸 적이 있는가? 알코올중독이었던 적이 있는가? 불법 도박을 돕거나 한 적이 있는가? 범죄 기록이 있는가? 이런 질문에 대한 답이 "예."라면 당신은 시민권을 받을 수 없다.

그다음에는 관청에 직접 나가서 미국의 역사, 근본 방침, 정부 형태에 대한 지식을 가늠하는 필기시험과 구두시험을 치러야 한다. 내가 이 시험을 치러본 적은 없지만, 나올 법한 질문 몇 가지는 알고 있다.

자본주의를 설명해보라. 민주당과 공화당의 차이를 말하라. 자유주의를 정의하라. 보수를 정의하라. 베치 로스가 정말로 미국 국기를 처음 만들었는가? "미국을 사랑하라. 아니면 떠나라."라는 구호는 누가 만들었는가? 권리장전에는 어떤 권리가 담겨 있으며 누구의 권리인가? 의무장전이라는 것도 있는가?

여기에 현재 세계적으로 문제가 되는 것, 거주하는 지역과 주의 이슈와 경제 문제도 추가된다. 거주하는 지역과 주 정부에서 여러분을 대표하는 사람들이 누구인지 이름을 말하라는 문제도 있다. 고등학교로 돌아가 6주 동안 사회 수업을 받지 않는다면 우리 대부분은 시험에서 떨어질 것이다.

마지막으로 법정에서 충성서약을 해야 한다. 우리는 모든 적과 맞서 미합중국의 헌법과 법을 지지하고 수호하겠다고 선언해야 한다. 필요하면 싸우겠다고, 공동의 선을 위해 일하겠다고 맹세해야 한다. 군대에 들어가기로 지원한 사람만이 아니라 모두 다 서약을 해야 한다.

뭐라고? 민주주의 국가에서는 좋아하는 일을 하든 하지 않든 상관없다고 생각했는데? 미국은 자유로운 나라이지 않은가? 틀린 생각이다.

시민 자격을 심사한다면, 아마 미국 국민 절반 정도는 시민 자격을 얻지 못할 것이다.

자격을 얻지 못한 사람들 중에는 시험에 합격하지 못한 사람들뿐만 아니라 오랫동안 일체의 투표를 하지 않아서 자격을 상실한 사람들도 포함되어 있다.

서약 이야기가 나와서 하는 말인데, 내가 아는 사람들은 대부분 이 나라의 문제가 게으르고 어리석고 한입으로 두말하는 멍청이 정치인들 때문이라고 전지전능한 신 앞에 맹세할 것이다.

분노의 물결이 출렁인다.

“자격 만료? 그래 좋아. 저 건달들을 내쫓자!”

그렇지만 내쫓은 저 건달들보다 우리가 나은가? 한번 생각해 보자.

나는 선거를 통해 당선된 공무원이든 우리 같은 시민이든, 모두에게 엄격한 기준을 적용해야 한다고 생각한다.

12년마다 시민의 혜택과 특권을 잃는다고 가정해보자. 다시 시민이 되겠다고 신청하고, 시민으로 어떻게 살아왔는지 기록을 제출하고, 심사를 받고, 시험을 치르고, 능력을 검사받고, 돈을 낸다. 합격하면 시민권을 받는다. 시민증에는 큼지막한 빨간 글씨로 "사용해라. 그렇지 않으면 잃어버릴 것이다."라는 글씨가 찍혀 있다.

통과하지 못하면 선처를 받아 역사, 법, 시민의 의무에 대한 재교육을 받는다. 시험을 칠 기회는 앞으로 두 번 남았다.

기억하자. 요즘 유행하는 기준에 따라 스트라이크 세 번이면 아웃이라는 것을.

—— *

# 날개 달린 테디베어

어느 여름날 저녁 할아버지의 농가 앞 베란다. 지글지글 소리를 내며 타는 오래된 등잔 밑에서 열 살도 안 된 카드놀이 명수 다섯 명과 도둑잡기 게임을 하고 있었다. 이웃집 아이들과 그 아이들의 친구들이었다. 나는 내가 보기에는 '아이 돌보는 사람'이었고, 아이들이 보기에는 카드놀이에 새로 낀 '풋내기'였다.

우리는 포도잼을 바른 팝콘을 먹으며 팩에 든 우유를 통째로 들이켰다. 손에서 손으로 엄숙하게 우유를 전달했다. 모두 카우보이모자를 썼고, 부엌에서 쓰는 성냥을 질근질근 씹다가 이를 쑤셨다. 카드놀이를 할 때 모자와 이쑤시개는 필수다. 상대방에게 '심각하게' 보여야 하기 때문이다.

아이들은 비타협적인 꾼들이었다. 나는 세 번이나 도둑놈이 되었고, 남은 것은 m&m초콜릿 아홉 알과 4페니뿐이었다. 우리는 기회만 되면 서로를 속였다. 그 가운데 한 아이는 카드 한 벌을 더 갖고서 테이블 밑으로 카드를 돌렸다. 증명할 수는 없지만 의심이 갔다. 어쨌든 이 범죄 집단에 완전히 털리기 직전에 나를 구해준 것은 나방이었다.

나방 떼가 등잔 주위를 돌았다. 가끔 한 마리가 등잔의 뜨거운 부분에 부딪쳐 지지직 소리를 내고는 그저 그런 전쟁 영화에 나오는 전투기처럼 바닥으로 떨어졌다. 마침내 한 마리가 무리에서 나와 바로 옆에 있는 거미줄에 걸렸다. 그러자 거미가 다가가 목을 조르고 굴려서 돌돌 만 뒤, 생명의 즙을 빨아먹었다. 그 일이 얼마나 빠르고 무자비하게 일어났는지 카드놀이가 중단될 정도였다. 그린베레 특공대원(미 육군의 정예 특수부대)도 여덟 개의 다리를 가진, 독을 내뿜으며 공격하는 이 거미 곡예사한테 목조르기에 대해 배워야 할 것 같았다.

거미가 나방을 죽이는 장면에 자극을 받은 한 아이가 일어나더니, 신문지 한 장을 둘둘 말아서 빙빙 돌고 있는 나방을 상대로 끔찍한 대학살을 벌이기 시작했다. 배팅 연습을 하는 타자처럼 신문지를 휘둘러 공중에서 나방을 맞춘 뒤, 탁자 위로 떨어진 나방을 후려쳐 납작하게 만들었다. 탁자 위에는 털 범벅인 작은 얼룩과 부서진 조각이 남았다.

나는 일어나서 나방 공격 방어에 나섰다. 나방들에게는 등잔이 최면을 걸어 불속으로 뛰어들게 하고, 거미가 단숨에 먹어치운 것만으로도 충분히 나쁜 상황이었다. 어린아이까지 신문지방망이를 휘둘러대는 것은 너무 심했다.

"너 왜 불쌍한 나방을 죽이니?"

"나방은 나쁘잖아요."

아이가 말했다.

"그건 누구나 아는 거예요."

다른 아이가 소리쳤다.

"맞아요. 나방은 옷을 좀먹잖아요."

나는 아이들의 생각을 바꿀 수 없었다. 아이들은 확신에 차 있었다. 나방은 다 나쁘고, 나비는 다 좋다. 더는 생각할 필요가 없다.

나방과 나비는 다르다. 나방은 어둠 속에서 몰래 움직이고 옷을 좀먹으며 못생겼다. 나비는 대낮에 꽃과 어울려 놀며 예쁘다. 누에나방이 어떤 일을 하는지, 독나비가 무슨 짓을 하는지에는 관심조차 없었다. 나방은 영원히 저주받은 미물이었다. 그때 나는 아이들의 입에서 지혜의 보석이 나올 수도 있지만 쓰레기가 나올 수도 있다는 것을 알았다.

그렇게 도둑잡기 놀이는 끝이 났다. 나는 살인자들과 카드놀이를 하지 않겠다고 말하고는 발을 구르며 나갔다. 아이들은 자기들이 안 보는 사이에 포도잼을 다 먹어버린 사람하고는 놀지 않겠다고 소리쳤다. 나는 미래가 이 아이들 같은 미치광이 손에 있다면 곤란하다고 생각하며 잠자리에 들었다.

이튿날 아침 제일 어린아이가 한 손에는 커다란 죽은 나방 한 마리를, 다른 손에는 돋보기를 들고 와서 말했다.

"이것 좀 보세요. 이 나방은 날개 달린 테디베어처럼 생겼어요. 머리에 깃털도 있네요."

"너 테디베어 좋아하니?"

내가 물었다.

"네, 테디베어 좋아요."

"작고, 날아다니고, 머리에 깃털이 있는 테디베어 좋아하니?"

"네, 좋아요."

아이가 말했다.

사람은 가끔 자신이 설교하는 것을 실천해야 한다. 편견 없이 자비로운 마음으로 나방을 봐야 한다고 설교한다면, 꼬마들도 좀 더 관대한 눈길로 봐야 할 것이다. 비단을 만들 수 있는 나방이 있듯이, 사리에 맞는 말을 하고 '날아다니는 작은 테디베어'를 알아보는 아이도 있다.

*

## 죽었다가 살아난 체험

흔히 사람은 죽음에 대해 이야기하는 것을 싫어한다. 그러나 어느 날 오후 내가 들은 말은 온통 죽음에 관한 것이었다.

"너 그 옷 입고 집 밖으로 나가면 엄마한테 죽을 줄 알아!"

"초과 근무는 살인이야."

"웃겨서 죽는 줄 알았어."

"발 아파 죽겠어."

"잘해봐. 죽여주게 재미있게 해줘."

이런 말이 나의 더듬이에 감지된 까닭은 얼마 전에 죽었다 살아난 체험에 대해 친구와 이야기를 나누었기 때문일 것이다.

내과의사인 친구는 잠시 죽어서 다른 세상에 갔다 왔다는 사람들의 이야기를 잘 알고 있었다. 그런데 얼마 전에 이 친구가 수술을 받다가 심장이 잠시 멎었다 되살아났다. 친구는 요즘 그 체험에 심취해 있으며, 과연 그 일을 어떻게 받아들여야 좋을지 고심하고 있다.

그 사건이 끼친 영향은 아주 컸다. 그는 더 이상 죽음을 두려워하지 않게 되었고 대부분의 사람들이 부러워하는 질 높은 삶을 살게 되었다. 그는 이제 일에 쫓기거나 서두르며 살지 않는다. 인생을 도로를 달리는 일로 비유하자면, 빠른 차선에서 느린 차선으로 옮겨갔다고 할 수 있다. 친구의 아내는 죽음을 맛본 것이 남편의 삶을 훨씬 좋게 만들었다고 한다.

여러분은 죽었다 살아난 적이 있는가? 나는 있다. 최근 들어 몇 번 있다. 내과의사 친구 정도는 아니지만, 그 체험은 인생에 대해 진지하게 생각하게 만들기에는 충분했다.

올 여름 캘리포니아 북부지방에서 운전하던 중, 뒷문이 제대로 닫히지 않은 것을 알았다. 그래서 길가에 잠시 차를 세우고 뒷좌석으로 몸을 뻗어 문을 닫았다. 이렇게 하는 데에 15초 정도 걸렸다. 다시 달리는데 모퉁이가 나왔다. 모퉁이를 도니, 작은 스포츠카가 사거리에서 마주 오던 트레일러 트럭과 부딪친 사고가 나 있었다. 충돌이 아주 심했는지 스포츠카는 트럭 밑에 처박혔고, 차의 지붕이 떨어져나간 채 운전자도 튕겨나간 상태였다. 뒷문을 닫으려고 몇 초 동안 멈추지 않았다면, 나 역시 이 치명적인 사고의 일부분이 되었을 것이다.

그로부터 일주일 뒤 네바다를 지날 때는 대형 유조차가 모퉁이 길에서 브레이크를 제때 밟지 못해서 내 차선으로 넘어와 뒤집힌 사고를 보았다. 나는 사고가 나고 1분 뒤 그 지점을 지나게 되었다. 바로 전에 들른 주유소에서 유리창을 닦느라 지체하지 않았다면, 초고속으로 달리던 유조차와 정면으로 부딪쳤을지도 모른다.

내가 너무 그런 쪽으로만 생각한다고 여길지도 모르겠다. 하지만 그렇지 않다. 죽음이 늘 곁에 있다는 것을 또다시 깨달았을 뿐이다.

2차선 고속도로에서 시속 55마일로 평온하게 달리고 있어도, 사실 마주 오는 수백 대 차들과의 거리는 1미터밖에 안 된다. 어떤 때는 더 좁다. 나나 그들이 핸들을 조금만 잘못 돌려도 내 삶은 그것으로 끝이다.

비행기를 타고 3만 7천 피트 상공을 날면서 육지를 내려다본다. 아주 얇은 투명 플라스틱창에는 약간 긁힌 자국마저 있다. 그 너머에는 공간을 약간 두고 또 한 장의 투명 플라스틱창이 끼워져 있다. 그 창 너머는 그냥 공간, 허공이다. 영하 수십 도에 시속 500마일로 세차게 부는 공기뿐이다. 플라스틱창이 깨지면 내 삶은 끝난다. 그 작은 구멍으로 빨려나가 영원히 잊히는 것이다.

여행을 하면서 게티즈버그와 아우슈비츠, 히로시마에 들른 적이 있다. 수천 명이 끔찍한 죽임을 당한 바로 그곳에 섰다.

시간만 달랐을 뿐이다. 내가 그 시간에 그곳에 있었다면, 나도 지금쯤 그들과 같이 죽고 없을 것이다.

어젯밤 침대에 누워, 잠자는 아내가 숨을 들이마시고 내쉴 때마다 이불이 부드럽게 올라갔다 내려갔다 하는 모습을 맑은 정신으로 지켜보았다. 이불은 올라가서 잠깐 멈췄다가 내려온 뒤에도 잠깐 멈췄다. 상상할 수 없을 정도로 복잡한 신경화학 반응이 계속되지 않는다면, 저 숨이 아내의 마지막 숨이 될 수도 있었다. 아내의 심장근육이 다시 수축하지 않는다면, 우리가 함께하는 시간도 끝난다. 아내가 다시 숨을 쉬었다. 살아 있다. 아내를 깨워 이 모든 것을 이야기해줄까 하고 생각했다. 하지만 그러면 아내는 나를 죽일지도 모른다.

죽었다 살아난 체험을 했다는 말을 믿느냐고? 믿는다.

삶이 죽었다 살아난 체험이다.

죽음에 이르게 하는 주요 원인은 삶이다.

죽음 뒤에 삶이 있느냐고? 알고 싶어 죽겠다.

## 이해할 수 없는 일들

열세 살 되던 해 여름, 나는 처음으로 워싱턴 D.C. 대사관 거리에 있는 바이올렛 이모네 집에 놀러 갔다. 포토맥 강가의 대도시를 보기 위해 텍사스주 웨이코에서 기차를 타고 먼 길을 갔다. 바이올렛 이모는 신분 상승을 바라는 열정적인 야심가인 데다 사랑스러운 기인이자, 비행기 추락사고의 여주인공이고 미식가 지망생이었다. 그리고 나의 어머니를 바보라고 생각했다. 나는 바이올렛 이모의 이 모든 점이 좋았다. 바이올렛 이모와 나는 아주 사이좋게 지냈다. 큰 파티가 열린 날 저녁까지는.

파티에는 상원의원 한 명, 장군 두 명, 여러 나라에서 온 외국인 부부들이 초대되었다. 시골에서 온 어린아이에게는 아주 대단한 사건이었다. 나는 바이올렛 이모가 이 날을 위해 만들어준 줄무늬 린넨양복을 입고 나비넥타이를 매고 있었다. 내 모습이 어찌나 멋지던지! 정말 훌륭했다.

아무튼 내가 도와드릴 것이 있느냐고 묻자, 이모는 종이봉투 하나를 건네면서 샐러드를 만들게 씻어서 얇게 썰라고 했다. 봉투에는 버섯이 들어 있었다. 주름이 쭈글쭈글하고 얼룩덜룩한 갈색에 병든 것처럼 보이는 소름 끼치는 그것, 곰팡이다.

나는 이미 버섯을 많이 봤고, 버섯이 어디에서 자라는지도 알았다. 버섯은 동네 외양간과 닭장의 어둡고 끈적끈적한 곳에서 자란다. 한번은 테니스화를 여름 내내 체육관 사물함 속에 넣어두었더니 거기에서 버섯이 자랐다. 또 1년 동안 같은 테니스화를 신었더니 발가락 사이에도 생겼다. 그러나 이제까지 버섯으로 무엇인가를 해야 할 일은 없었다.

그런데 버섯을 씻어서 얇게 썰고 먹기까지 해야 하다니. 그런 일은 생각도 해본 적이 없었다. (아버지가 워싱턴은 이상하고 끔찍한 도시라고 하셨는데, 그제야 그 말이 이해가 갔다.) 나는 시골에서 온 소년을 놀리려고 이런 일을 시킨 것이라고 생각하며 아무 말 없이 버섯을 봉지째 갖다버렸다.

바이올렛 이모가 이 사실을 안 뒤 꽤 오랫동안 마음에 담고 있었던 것을 생각하면, 그 버섯이 꽤 대단한 것이었던 모양이다. 나는 지금까지도 그 일 때문에 이모가 돌아가실 때 유언장에서 나를 빼놓았다고 믿는다. 나는 유산을 받을 자격이 없었던 것이다.

고백하건대, 나는 아직도 버섯과 버섯을 먹는 사람을 의심의 눈초리로 본다. 그동안 점잖고 세련된 척하는, 세상살이에 필요한 겉치레를 익혔다. 초대받은 자리에서는 음식을 골고루 먹고 내 생각은 속에만 담아둘 정도가 되었다. 능청스러워진 것이다. 하지만 아직도 버섯과 버섯을 먹은 사람들을 이해할 수 없다.

솔직히 완전히 이해할 수 없는 일이 아직도 아주 많다. 그 가운데는 큰일도 있고 사소한 일도 있다. 이런 것을 목록으로 만들었는데, 나이가 들수록 목록이 점점 길어진다. 올해 새로 덧붙인 몇 가지를 소개하면 이렇다.

왜 사람들은 이를 닦을 때 눈을 감는가?
왜 사람들은 엘리베이터 버튼을 자꾸 누르면 엘리베이터가 빨리 올 것이라고 생각하는가?
왜 사람들은 우체통에 편지를 넣고 나서 우체통 뚜껑을 열고 편지가 잘 들어갔는지 보는가?
왜 얼룩말이 있는가?
왜 사람들은 우유가 바닥에 아주 조금밖에 남지 않았는데도 다시 냉장고에 넣어두는가?
왜 예부터 내려오는 할로윈데이 캐럴은 없는가?
왜 나무마다 좀처럼 떨어지지 않는 고집 센 낙엽이 한 장씩 있는가?

최근 개를 위한 향수의 등장은 무슨 징조인가?

이 질문들이 중차대한 문제가 아니라는 것을 안다. 내가 이해할 수 없는 일 가운데 중요한 문제는 목록 앞부분에 있고, 오래전부터 거기 있었다. 전기는 어떻게 작동하는가? 편지를 배달하는 비둘기는 어떻게 그 일을 해내는가? 왜 우리는 무지개 끝까지 갈 수 없는가?

## 크리스마스 변덕

한겨울은 실제 계절이기도 하고 내 마음속 계절이기도 하다. 한겨울은 그 자체로 스트레스다. 어둡고, 춥고, 가족 사이에는 긴장이 흐르고, 희망과 절망이 공존하고, 종교적 신념은 사회적 의무와 경제적 필요의 혼돈 속에 빠져 있다. 크리스마스는 우연히도 이 모든 것들의 바로 중간에 있다. 나는 때로 크리스마스가 할로윈데이처럼 유령과 도깨비가 나타나는 날로 느껴진다.

한겨울의 모순은 나를 미치게 한다. 어떤 해에는 구멍 속에 들어가 푹 파묻혀 있고 싶고, 어떤 해에는 화려한 파티를 열고 싶으며, 또 어떤 해에는 두 가지를 동시에 다 하고 싶다. 사람은 모순 없이는 살 수 없는 존재인가 보다. 언젠가는 익숙해지리라.

몇 년 전, 나는 꽤 많은 양의 크리스마스 장식품을 우리 아이들에게 모두 나누어 주었다. 몇 상자나 되는 태엽 감는 장난감을 주었고, 바이에른과 오스트리아에서 생산된 섬세한 나무조각품 세트도 주었다. 초가 타면서 나오는 열로 빙빙 돌아가는 조각품이었다.

물건을 다음 세대에게 넘겨주며 나는 한 시대를 마감했다. 이제 내 집은 크리스마스라고 야단법석 떨지 않고 조용하겠지. 아이들은 크리스마스 장식품 상자를 자기네 집 지하실과 다락에 보관했다.

그런데 올해 내 크리스마스 장식품이 보고 싶어졌다. 그래서 모두 돌려달라고 했다. 크리스마스 장식을 하고 좋은 시간을 보냈다. 내년에는? 어떨지 아무도 모른다.

*

# 뻐꾸기시계

나는 늘 뻐꾸기시계가 갖고 싶었다. 온갖 장식이 새겨진 바로크 양식의 큰 독일제 시계, 한 시간에 한 번씩 작은 새가 튀어나와 삶에 대한 실존적 비평을 외쳐대는 그런 시계 말이다. 그래서 하나 샀다. 나의 가장 친한 친구이자 우연히 내 아내이기도 하고 같은 집에서 사는 친구를 위해서였다.

아내는 내가 사주는 크리스마스 선물을 별로 좋아하지 않는다. 그런데 나는 꼭 그런 것들만 선물하게 된다. 그래서 아예 내가 갖고 싶은 것을 아내에게 선물하기로 했다. 아내가 나더러 가지라고 돌려주면, 나는 진정으로 고마워한다. 그래서 선물을 샀다. 사악한 생각이라는 것은 알지만 현실적이고 실용적이다. (이런 생각을 해본 적 없는 것처럼 고매한 척하지 말라. 여러분은 '절대'라고 말하겠지만, 나는 살만큼 살았기 때문에 내가 무엇을 알고 무엇을 모르는지 잘 안다.)

아무튼 나는 진짜 골동품 뻐꾸기시계를 갖고 싶었다. 하지만 진짜는 너무 비쌌다. 그런데 어느 가게에서 새로 나온 뻐꾸기 시계를 잔뜩 쌓아놓고 특별히 싼값에 팔고 있었다. 좋은 기회였다. 그래서 하나 샀다.

상자 위에는 작은 글씨로 두 가지 내용이 쓰여 있었다. 하나는 "한국제". 다른 하나는 "약간의 조립이 필요함"이었다. 그런데 나는 시계를 살 때 이 문구들을 미처 보지 못했다. 상자를 열어보니, 잡다한 부품이 든 플라스틱상자 다섯 개가 들어 있었다. 그리고 바이에른 고산지대의 염소지기 오두막을 흉내 낸 모형에는 "진짜 인조나무"라고 쓰여 있었다. 오두막의 완성도를 높일 요량으로 밤비의 엄마같이 생긴 플라스틱제 사슴머리까지 넣어놓았다.

나는 이 부품을 하나도 빠뜨리지 않고 조립해서 드디어 뻐꾸기시계를 벽에 걸었다. 시계추를 달고 흔든 다음, 한걸음 물러났다. 시계가 똑딱거리며 갔다. 그 소리를 들으니 마음이 편안해졌다. 이제까지 내가 이런 일을 해서 잘된 적이 없었다. 그런데 오늘은 진짜 성공한 것이다!

정시가 되자 종이 쳤다. 작은 문이 열렸다. 작은 새는 나오지 않았다. 대신 작은 구멍 깊숙한 곳에서 신음하듯 삐걱거리는 소리가 들렸다.

"삐꾹, 삐꾹, 삐꾹."

삐꾹 소리 세 번? 겨우 이건가? 이게 다인가? 시곗바늘은 정오를 가리키고 있는데 말이다.

나는 인조나무로 된 바이에른 고산지대의 염소지기 오두막 속을 깊숙이 들여다보았다. 새는 그 속에 있었다. 얼음 깨는 송곳과 나무젓가락을 이용해 새를 앞쪽으로 끌어올렸다. 새가 제 위치에 붙어 있지 않은 것처럼 보였기 때문이다. 그러고는 시계를 3시로 맞췄다. 시계가 똑딱거리더니 "땡!" 하고 울렸다. 문이 열렸다. 그러나 새는 나오지 않았다. 오두막 뒤편의 어둠 속에서 "삐" 하는 소리만 나왔다. "꾹" 소리도 "깍" 소리도 나지 않았다.

나는 "움직이지 않으면 강제로 움직이게 하라."라는 원칙을 적용해 고무망치와 옷걸이로 시계를 두드린 다음 아주 세게 흔들었다. 시간을 다시 고쳤다. 정시가 되어 종이 쳤다. 문이 열렸다. 아무 소리도 나지 않았다.

시계 속을 자세히 들여다보니 목에 용수철이 감긴 작은 새가 옆으로 쓰러져 있었다. 뻐꾸기시계의 새를 죽인 사람은 드물 것이다. 내가 그런 짓을 한 것이다. 크리스마스 날 아침 아내에게 이렇게 말하는 내 모습이 눈에 선했다.

"여보, 여기 선물이야. 뻐꾸기시계야. 당신을 위해 샀어. 그런데 새는 죽었어."

아내에게 시계를 주며 모든 사연을 털어놓았다. 아내는 웃었다. 얼마간 죽은 새까지 합쳐서 그 시계를 고이 간직했다.

뻐꾸기시계와 새가 우리 집에서 사라진 지 오래되었다. 크리스마스도 여러 번 지나갔다. 하지만 매년 12월 친구들과 모이면 우리는 이 시계 이야기를 한다. 친구들은 웃는다. 아내는 나를 보고 씽긋 웃고, 나도 아내를 보며 씽긋 웃는다. 아내는 이 이야기의 진짜 뻐꾸기가 시계 속의 그 새가 아니라는 사실을 일깨워준다. 나도 안다.

나는 아직도 뻐꾸기시계가 없다. 하지만 무엇인가를 간직하고 있다. 바로 그 뻐꾸기시계 포장 상자 위에 적혀 있던 크리스마스 메시지이다.

"약간의 조립이 필요함."

여러분 속에 있는 최고의 것을 조립해서 나누어주라. 그리고 기쁨이 다시 타오르도록 사랑하는 사람들과 모이라.

그 옛날 뻐꾸기야. 네가 어디에 있든지 즐거운 크리스마스가 되길 빈다!

• • •

내가 교구 목사직에서 은퇴할 때, 신자들이 작별 선물로 최고급 뻐꾸기시계를 사주었다.

새가 밖으로 나올 때마다 나는 그들을 생각했다. "뻐꾹" 하고 딱 한 번 울지만 믿을 만했다.

그리고 몇 년 전 지진이 일어났을 때, 시계가 벽에서 떨어져 부서지고 말았다. 수리를 했지만 시계가 제 마음대로 갈 때가 있다. 새가 언제 나올지 예측하기가 다소 어려워졌다. 이제 나처럼 된 것 같다.

## 닭고기를 먹는 닭

"지각판 운동을 막아주세요."

샌프란시스코의 파월 거리에서 케이블카를 기다리며 내 옆 줄에 서 있는 남자의 티셔츠에 프린트된 글이다. 관광객인 그는 우스꽝스러운 셔츠를 입고 있었다. 그의 아내 티셔츠에는 "안녕하세요. 저는 위스콘신에서 온 바보입니다. 도와주세요."라는 글이 프린트되어 있었다. 이 말은 이해가 되었지만, 남편의 티셔츠에 프린트된 '지각판 운동'이라는 말은 도무지 뜻을 알 수 없었다.

"티셔츠에 있는 말이 무슨 뜻인지 얘기 좀 해주시죠."

내 부탁에 남자가 들려준 이야기다.

남자는 위스콘신에서 차를 몰고 서부로 오면서 아이들에게 자연 경관에 대해 설명해주려고 했다. 그러나 아이들은 지각판 운동 이론을 믿으려 하지 않았다. 용암 위에 떠 있는 거대한 대륙덩어리가 우리가 있는 땅 밑을 지나면서 미국을 밀어내고 화산과 지진을 일으키고 산을 만든다니 말도 안 되는 얘기라는 것이다. 아이들의 야유에 아버지는 입을 다물어버렸다. 이 티셔츠는 그의 아내가 리노에 있는 싸구려 기념품 가게에서 발견한 것으로, 그는 고행자처럼 이 옷을 입고 다녔다. 아이들은 아주 냉소적이고 맹렬하고 비타협적인 적이 되었다. 아무튼 아버지의 말을 반도 믿지 않았다.

남자와 나는 과학, 그리고 아버지라는 것에 대해 이야기를 나누었다. 우리는 직접 경험을 통해 확인하지 않은 지식을 가르쳐야 하는 어른의 의무가 무척 부담스럽다는 결론에 이르렀다. 자라면서 깊이 있는 내용을 많이 배우지만 그 내용을 정말로 믿지는 않는다. 우리는 그런 예를 번갈아가며 들었다.

먼저 아기가 어떻게 생기는지 들었지만 믿을 수 없다. 말도 안 된다.

언젠가 지구가 태양 속으로 떨어질 것이라고 배웠지만 그 역시 믿을 수 없다.

학교 밖 세상에서 수학을 써먹을 거라는 얘기는 어떤가? 흥!

빙하시대는 날조된 것이 틀림없다. 북미 대륙의 반이 빙하로 덮여 있었다고? 1천 피트나 되는 얼음이 위스콘신주 위에 쌓여 있었다고? 그럴 리가 없지!

뇌가 두 부분으로 나뉘어져 있다는 이론도 웃기는 얘기다. 이쪽 반쪽에서는 말을 하고, 저쪽 반쪽에서는 음악을 한다고? 말도 안 돼.

우주에 블랙홀이 있다는 것은 또 어떻고! 퀘이사quasar는 어떻고, 쿼크quark는 또 뭔 헛소리인가?

우리는 이런 이론에 대해 늘 최신의 것을 알고 있는 척하지만, 마음속으로는 과학자들이 우리를 놀라게 하려고 꾸며낸 이야기라고 생각한다. 개인적인 경험을 바탕으로 이 놀라운 이론들을 묶어 추론해보면, 뇌가 반으로 갈라지면서 그 사이에 대수학 쿼크로 인해 블랙홀이 생긴 셈이다.

전대미문의 헛소리로 치부되는 이야기 가운데 하나가 바로 새가 공룡이라는 가설이다. 새가 쥐라기 정글의 직계 후손이라는 것. 이것은 또 무슨 말인가? 하지만 실제로 깃털 달린 공룡이 존재했음을 증명하는 화석이 있다. 게다가 나는 가설을 입증해줄 살아 있는 증거인 새 한 마리를 알고 있다. 바로 캘리포니아 샌루이스 오비스포에 사는 육식 닭이다.

어느 부활절 주말, 누군가 선물로 받은 병아리가 길을 잃고 헤매다가 애완동물광인 내 친구의 친구 집에 다다랐다. 그 집 식구들은 병아리를 풀어놓고 키웠고, 병아리는 큰 암탉으로 무럭무럭 자랐다. 귀여웠다. 자라는 동안은.

그러나 다 자라자 그 품종으로는 아주 드물게 큰 닭이 되었고, 동네를 돌아다니며 고양이를 공격하고 고양이 먹이를 빼앗아 먹었다. 개에게 달려들고 자기를 괴롭히는 사람을 쫓아내기도 했다. 닭은 썩은 냄새가 나는 알을 낳았고, 한눈에 보기에도 술에 취해 돌아오는 날이 많아졌다. 수의사가 와서 진찰한 결과, 닭이 닭고기로 만든 고양이 음식을 먹고 달팽이를 죽이려고 친 덫에 놓아둔 맥주를 마셨다는 것이 밝혀졌다. 알코올중독의 육식 닭이 된 것이다.

나는 이 닭의 사진을 봤다. 비늘이 있는 다리와 날카로운 발톱, 면도칼같이 예리한 검은 부리, 옛 시절의 맹렬함이 뿜어 나오는 노란 눈을 하고 있었다. 이 닭을 물소 크기로 부풀리면 공룡이 된다.

이것은 논리적이기도 하다. 새가 공룡이고 닭이 새라면, 닭은 공룡이다. B는 D이고 C는 B이면, C는 D이다(B는 bird, D는 dinosaur, C는 chicken의 첫 글자—옮긴이). 드디어 수학을 써먹는군.

케이블카가 달그락거리며 달리는 동안, 나는 위스콘신에서 온 남자에게 이런 이야기를 늘어놓았다.

남자네 식구가 케이블카에서 내릴 때 아내가 멀리 걸어가면서 남편에게 하는 소리가 들려왔다.

"위스콘신에만 바보가 있는 게 아니네요."

괜찮습니다, 부인. 나는 내가 무엇을 아는지 압니다.

그리고 다시는 닭에게 등을 돌리지 않겠다.

## 세상을 우리 집 거실처럼

나는 종종 멀리 떨어진 유타주의 남서쪽 산골에서 겨울을 보냈다. 네 개의 주가 만나는 '산후안'이라는 곳으로, 사는 사람이 그리 많지 않다. 대부분 나바호 인디언들과 농사를 짓는 모르몬교도들이다. 근처에는 자연 그대로의 숲이 넓게 펼쳐져 있다. 그래서 크리스마스가 다가오면 가족을 데리고 숲으로 나가 나무를 잘라오는 것이 오랜 전통이었다.

하지만 시대가 바뀌자 이곳도 변했다. 전나무와 소나무의 크기와 수가 모두 줄어들었다. 나무는 천천히 자란다. 자라는 속도가 인구가 늘어나는 것만큼 빠르지 않다. 빨리 자라는 것은 따로 있으니, 바로 사람이 환경에 미치는 영향에 대한 사람들의 의식이다.

이 외딴 시골에서도 마찬가지다. 크리스마스트리로 벨 수 있는 나무의 수는 눈에 띄게 줄어들었다. 과거에 대한 향수와 미래에 대한 걱정 사이에 긴장감이 감돌았다. 많은 사람이 인조나무로 만족했다. 그럴 필요가 있다는 것을 이해하지만, 인조나무는 마음에 들지 않는다. 그런 트리를 보면 울적해진다. 집 안에 진짜 나무로 된 트리가 없으면 어쩐지 크리스마스가 아닌 것 같다.

늦은 12월의 어느 날, 겨울 햇살을 받으며 여행할 생각으로 멀리 떨어진 깊숙한 시골로 갔다. 그 지역은 산쑥과 잡목이 자라는 고지대 사막이지만, 붉은 사암이 있고 은신처처럼 옆으로 난 협곡에는 아직 소나무들이 살고 있었다. 이 소나무들은 강수량이 많던 시기에 이 지역을 뒤덮었던 거대한 숲의 잔존물이었다. 계곡을 올라가는데 갑자기 환각이 보였다. 온갖 치장을 한 크리스마스트리가 눈앞에 서 있는 것이 아닌가.

그것은 진짜였다. 진짜 소나무였다. 2백 년가량 몸을 파묻고 있었을 바위에서 밖으로 나오느라 안간힘을 써서 마디마디 꼬이고 구부러진 12피트 높이의 소나무였다. 가지에는 팝콘과 크랜베리를 꿰어 만든 끈이 걸려 있었다. 말린 과일과 과자와 땅콩이 장신구처럼 가지에 매달려 있었다. 나무 꼭대기에는 은색 별이 꽂혀 있고, 별 가운데에는 자그마한 천사가 붙어 있었다. 이제까지 본 크리스마스트리 중에서 가장 아름다운 트리였다.

누가 이렇게 했을까? 두 사람이 지나간 흔적이 뭔가를 말해 주었다. 발자국이 하나는 크고 하나는 작은 것으로 봐서 어른 한 명과 아이 한 명인 듯했다. 여기까지 그 많은 물건을 가져와 새와 작은 동물들이 먹어 치울지도 모르는 것들로 정성껏 나무를 장식한 것이다. 이보다 더 빛나는 것은 이런 일을 처음으로 생각해내는 상상력을 가졌다는 점이다. 그들은 어떻게 물건을 옮기고 달지 고민하고, 실제로 나무를 장식하면서 아주 즐거운 시간을 보냈을 것이다. 지금은 이 세상 최고의 크리스마스트리를 만들었다는 즐거운 추억을 품고 있을 것이다. 게다가 나무는 아직도 살아 있다.

시간이 지나 2월 초에 나는 햇빛과 고독을 즐기러 다시 한 번 그곳으로 갔다. 그 나무를 찾아봐야지 하고 생각했다. 그러나 찾을 수 없었다. 그들이 나무의 장식품을 걷어냈기 때문이다. 나무 주변의 진흙에는 얼마 전에 사람이 왔다 간 흔적이 있었는데, 12월의 눈 속에 나 있던 발자국과 같아 보였다. 나무를 장식했던 모든 증거물이 사라지고 없었다. 별과 천사도 사라졌다. 어떻게 저기를 올라갔다 내려왔다 했을까? 사다리를 가져왔을까? 아니다. 부모의 어깨에 아이가 올라가서 장식을 했을 것이다.

나는 이 일에서 영감을 얻었다. 나의 크리스마스트리 문제는 해결되었다. 나는 내 소나무를 정하고 나를 도와줄 두 명의 작은 공범자도 마음속으로 정했다. 이제부터 12월 21일이 되면 여기에 와서 나무를 장식하고, 2월 14일에 다시 와서 장식을 걷어내야지. 12월의 앙상한 겨울에 많은 사람이 상록수를 보러, 그리고 정성껏 장식하러 여행을 떠난다면 숲이 어떤 모습일지 상상해보라. 그러고는 다시 가서 숲을 원래의 자연스러운 모습으로 돌려놓는다면, 이것을 보고 우리 아이들은 어떤 생각을 할까?

이것은 밸런타인 이야기다. 무엇인가를 사랑하는 것에 대한 이야기다. 자신, 가족, 이웃뿐만 아니라 생명을 사랑하는 것, 세상을 사랑하는 것, 그리고 세상을 우리 집 거실처럼 생각하는 것에 대한 이야기다.

*

## 8월의 크리스마스 카드

어느 해 나는 크리스마스 카드를 많이 받지 못했다. 2월의 어느 구질구질한 오후, 쓸모없는 정도의 근원지인 내 머릿속에 문득 문제의 소지가 많은 그 일이 스쳤다. 기분 나쁜 정당한 이유가 필요하던 터에 그 생각이 떠오른 것이다. 하지만 나는 이를 입 밖에 내지 않았다. 견딜 수 있다. 나는 강인한 사람이다. 인색한 친구들이 그깟 바보 같은 크리스마스 카드 한 장 보내지 않을 정도로 내게 성의가 없다 해도 불평 따위는 하지 않는다. 그런 별 볼일 없는 사람 없이도 잘 살 수 있다. 아무렴 그렇지.

그러다 그해 8월, 다락방에 둥지를 틀고 앉아 뒤죽박죽된 짐을 정리하다가 뜯지도 않은 지난해 크리스마스 카드가 가득 든 상자를 발견했다. 크리스마스 장식까지 그대로 달려 있었다. 크리스마스의 난리법석 속에서 시간이 나지 않아, 상자에 넣어 다락에 올려두었다가 내년에 정리해야지 하고는 잊어버린 것이다.

나는 상자를 들고 내려왔다. 8월 중순의 더운 여름날, 수영복을 입고 뒤뜰로 나가 나무판 위에 잔디 의자를 놓고 앉았다. 선글라스를 끼고 찬 홍차 한 잔을 옆에 두고는 궁금한 마음으로 크리스마스 카드를 뜯어보기 시작했다. 크리스마스 기분을 내기 위해 휴대용 오디오로 캐럴을 틀고 볼륨을 높였다. 메리 크리스마스!

나는 봉투를 뜯고 카드를 나무판에 올려놓았다. 온갖 것이 다 있었다. 천사, 눈, 동방박사, 양초, 소나무 가지, 말과 썰매, 아기 예수와 그의 부모, 꼬마 요정과 산타클로스, 사랑과 기쁨과 평화와 호의가 가득 담긴 문구들이었다. 내 인색한 친구들이 직접 쓴 애정 어린 글도 있었다. 이 친구들은 크리스마스에 나를 보러 왔었다.

나는 울었다. 이토록 나쁜 기분과 좋은 기분을 동시에 느껴본 적은 없었다. 아주 기분 좋게 언짢고, 우울하게 슬프고, 구슬프면서 향수 어린 기분이었다. 반전, 완전한 반전이었다.

운명이 늘 그렇듯, 옆집 안주인이 크리스마스캐럴 소리에 이끌려 나왔다가 이런 내 모습을 보고 말았다. 부인은 웃었다. 나는 카드를 보여주었다. 그러자 부인 눈에 눈물이 글썽였다. 나도 글썽거렸다. 이렇게 우리는 8월 중순에 우리 집 뒤뜰에서 난데없는 시련의 크리스마스를 보냈다. 모르몬교회 성가대가 부르는 〈고요한 밤 거룩한 밤〉의 마지막 소절을 따라 부르기도 했다.

"무-릎을 꿇-어라, 여-기 천사의 소-리가 들린다."

내가 무슨 말을 할 수 있을까? 나는 경이와 기쁨은 늘 마음속의 다락방 어딘가에 있다고 생각한다. 그것을 꺼내는 데는 그리 큰 수고가 필요하지 않다. 그리고 크리스마스와 관련된 많은 것이 엉뚱하기는 12월이든 늦은 8월이든 마찬가지다.

* 

## 베토벤 교향곡 제9번

근사한 여자와 전화 통화를 했다. 여자는 한겨울 흔히 겪는 정신의 타락을 겪고 있었다. 게다가 9월에 걸린 감기가 아직도 떨어지지 않았다고 했다.

"저, 목사님은 우울한 적 없죠?"

"여보세요, 나도 처질 때가 있어요. 거기서 빠져나오려면 아주 긴 사다리가 있어야 할 정도예요."

"그럼 목사님은 어떻게 하세요?"

여자가 물었다.

"그럴 때 목사님은 어떻게 하시느냐는 말이에요."

이제까지 내가 어떻게 하는지에 대해 이렇게 명확한 답변을

요구한 예는 없었다. 사람들은 대부분 자기가 어떻게 해야 하느냐고 물었다.

내게 위안을 주는 것은 종교도, 요가도, 술도, 깊은 잠도 아니다. 그것은 바로 루트비히 판 베토벤이다. 그가 내 비장의 무기다. 베토벤 교향곡 제9번을 틀어놓고 이어폰을 귀에 바짝 끼고서 바닥에 눕는다. 음악이 천지를 창조한 첫날처럼 들려온다.

나는 늙은 베토벤에 대해 생각한다. 우울과 불행에 대해서는 시작부터 끝까지 너무 잘 아는 사람이었다. 그는 자기에게 맞는 장소를 찾아 이곳저곳 옮겨다녔다. 연애는 지독했고, 친구들과는 늘 다투었다. 그가 그토록 사랑한 조카는 말썽만 부리며 베토벤에게 깊은 걱정을 안겨주었다.

베토벤은 위대한 피아니스트가 되고 싶었다. 노래도 잘하고 싶었다. 하지만 아주 어렸을 때부터 청력을 조금씩 잃어갔다. 피아니스트와 성악가에게는 아주 불길한 징후였다. 1818년 마흔여덟 살 때, 그는 완전히 귀가 먹었다. 더욱 놀라운 일은 그로부터 5년 뒤에 교향곡 제9번을 완성했다는 것이다. 그는 한 번도 이 곡을 들어보지 못했다. 생각만 했을 뿐이다. 어떨지 상상해보라.

나는 이어폰을 끼고 누워, 이 곡이 베토벤에게도 나의 머릿속에서 울리는 것처럼 느껴졌을까 생각해본다. 연주가 점점 거세지면 나의 가슴이 뛰기 시작한다. 팀파니가 그 커다란 '바음'이 들리지 않게 할 즈음이면, 나는 일어난다. 장엄한 마지막

순간 전설의 지휘자 플거모우스키(저자의 이름 풀검Fulghum에 오우스키owski를 붙여 지휘자 이름처럼 지은 것 – 옮긴이)의 지휘대로 합창단과 함께 뜻도 모르는 독일어로 목청껏 노래를 부르며 위아래로 뛴다.

"세상의 종말과 하나님과 천사들의 강림. 할렐루야! 할렐루야!"

기운이 솟아나고, 기쁨이 넘쳐흐르고, 가슴이 뛰고, 확신이 서고, 그리고 압도당한다. 그 모든 슬픔과 괴로움에서, 절망과 실망에서, 깊고 영원한 침묵에서, 바로 그 장엄함이, 기쁨과 열광이 쏟아져나온 것이다. 그는 자신의 운명에 '환희'로 맞선 것이다.

나는 이 곡의 진실과 아름다움에 저항할 수 없다. 이 음악을 들으면, 겨울의 잿더미 속에 웅크리고 앉아 두 손을 꽉 잡고 나에 대한 연민에 빠져 있을 수 없다. 나는 이 음악이 정신의 타락을 말끔히 씻어낼 뿐만 아니라 감기도 치료해줄 것이라고 확신한다.

"그러니 겨울과 청구서와 세금에 관한 잡다한 이야기는 다 뭐란 말인가?"

나 자신에게 말한다.

"실패와 혼란과 절망에 대해 구구절절 말할 필요가 있는가? 좋기만 하지는 않은 인생과 사람들에 대한 왈가왈부 또한 뭐란 말인가? 일어나라. 다 떨쳐버리고 힘을 내라!"

진부한 날의 한가운데, 나는 베토벤의 음악으로부터 저항할 수 없는 확신을 발견한다. 깊은 겨울, 내 속에서 여름의 태양을 발견한다. 언젠가 큰 부자가 된 어느 믿을 수 없는 12월의 밤에, 커다란 홀과 대규모 합창단과 대단한 교향악단을 빌려서 직접 단상에 올라 교향곡 제9번을 지휘할 작정이다. 그리고 영광스러운 마지막 악장까지 직접 팀파니를 치며 목청껏 노래를 부를 것이다. 그 다음에 오는 위엄 찬 침묵 속에서 루트비히 판 베토벤, 그의 교향곡 제9번, 그리고 그의 빛을 위해 모든 신에게 축복을 빌 것이다.

삶이 느껴졌다.

• • •

정말 마법 같은 일이지만, 나는 미니애폴리스 실내관현악단을 앞에 두고 이 위대한 곡 '환희의 송가'를 지휘했다. 미친 꿈이라도 그 꿈을 꾸는 사람에게 미친 요정이 한둘쯤 있으면 실현될 수 있다. 그 경험은 내가 바라던 그대로였다. 아니, 그 이상이었다. 그때 일을 여기에 쓰면 이야기가 너무 길어질 것 같다. 아마 나의 다른 책에서 이 거짓말 같은 모험 이야기를 읽을 기회가 있을지 모른다. 혹은 없을지도 모르겠다.

## 은밀하게 치르는 1월의 기념일

내가 아는 어떤 사람은 욕실에 보드카 한 병을 두었다. 그는 매일 아침 면도할 때마다 수납장에서 보드카를 꺼내 거울 바로 아래 있는 유리선반에 올려놓는다. 얼굴에 거품을 칠하면서 거울 속의 자신을 들여다본 다음에는 보드카를 들여다본다.

그가 사용하는 면도기는 날이 직선으로 된 구식이다. 그는 턱 아래를 면도할 때마다 면도날이 사람을 죽일 수 있을 정도로 위험하다고 생각한다. 그러나 베인 적은 아직 한 번도 없다. 면도를 끝내면 면도날과 비누와 보드카를 다시 장에 넣는다. 그렇게 하루를 시작한다.

아침마다 하는 면도는 마치 무릎을 꿇고 기도하는 것처럼 악령을 몰아내고 그를 삶에 밀착시켜주는 성스러운 의식이 되었다.

보드카는 반 병 상태다. 병에는 지워지지 않는 잉크로 보드카가 남은 양을 표시한 선이 그어져 있다. 선을 그은 날짜도 쓰여 있다. 그날 아침, 그는 병뚜껑을 아주 단단히 잠갔다. 1월 17일이었다. 그 뒤 병은 한 번도 열리지 않았다. 날짜 옆에는 시간이 얼마나 지났는지 알려주는 작은 표시가 있다. 세로선 네 개와 그 위에 그어진 사선 하나, 이것은 5년이 지났다는 표시다. 그 옆에 세로선 네 개가 더 그어져 있으니, 선을 모두 합하면 9년이 지난 것이다. 며칠 뒤면 두 번째 세로선 네 개 위에 사선을 긋는 날이고, 그러면 10년이 된다.

10년 전, 매일 욕실에서 몰래 술을 마시던 그는 그날도 보드카병에 입술을 대고 있었다. 그 순간 거울에 욕실문이 조금 열린 것이 비쳤다. 그의 눈이 아이의 눈과 마주쳤다. 아이 눈에는 눈물이 그렁그렁했다.

시간이 멈췄다. 아무 말도 없었다. 문은 다시 조용히 닫혔다. 이제 거울에 비친 눈은 자신의 눈뿐이었다. 충혈되고 부은 눈. 황달이 들고 핏줄이 섰으며 나이보다 훨씬 늙어 보이는 얼굴. 아주 오랜만에 자신의 모습을 찬찬히 들여다보았다.

거울 속에서 낯선 사람이 자신을 보고 있었다. 그는 움찔했다. 죽고 싶었다.

그날 오후, 금주 모임에 다니는 친구에게 전화했다. 그는 저녁에 그 모임에 나가 이렇게 말했다.

"제 이름은 에드입니다. 저는 알코올중독자입니다."

그는 집에 돌아와 숨겨놓은 술병을 전부 갖다버렸다. 딱 하나만 빼고. 욕실에 있는 보드카병을 단단히 잠그며 자신과 약속했다.

"절대로 안 마시겠어. 절대로. 그러니 하나님 저를 도와주세요."

가야 할 길은 험했다. 결코 쉽지 않았다. 욕실문을 걸어 잠그고 딱 한 모금만 마신 뒤, 마신 만큼 물로 채워놓고 싶다는 생각을 수없이 했다. 심지어 면도칼이 문제를 해결해주지 않을까 하는 심정으로 면도칼을 들여다보기도 했다. 문틈으로 자신을 보던 아이 얼굴이 자꾸 생각났다.

드디어 그는 이겨냈다. 하나님, 친구들, 아내, 자신, 그리고 아이와의 맹세를 지켰다.

나는 1월 17일 그와 함께 그 욕실에 있기를 간절히 바란다. 악단을 부르고, 선물을 준비하고, 가족과 친구들을 불러 모으면 좋겠다. 만세! 하나님, 고맙습니다! 그러나 이런 기념일은 영혼의 신전에서 홀로 축하할 때가 많다. 내 친구도 선을 하나 긋는 것으로 금주 10년을 기념할지도 모른다. 그러고는 떳떳하게 거울 속의 자신을 쳐다볼 것이다.

1월에는 이렇게 몰래 자축하는 사람들이 많다. 1월에 맹세와 결심을 많이 하기 때문이다. 맹세와 결심을 지키는 데 성공한 사람들은 의도했던 대로 살진 못한 사람들에게 자극을 준다.

그들의 이름은 신문에 나지 않는다. 자격증이 나오는 것도 아니고, 성공을 축하하는 공식적인 파티가 열리지도 않는다. 그러나 성공한 사람들의 수는 우리가 생각하는 것보다 많다. 그들은 모든 사람이 자신들이 한 일을 알고 있다는 사실에 놀랄 것이다. 희망의 힘이 얼마나 큰지 그들의 성공이 확인해주었다.

자신과의 약속을 지킨 모든 사람, 크든 작든 여러 종류의 파괴적인 악마를 물리친 사람들, 우리가 당신들의 성공을 축하한다는 것을 알아주기 바랍니다. 당신들은 우리의 영웅입니다. 당신들이 있기에 우리도 있는 힘을 다해 싸웁니다.

행복한 새해가 되길!

행복한 기념일이 되길! 파이팅!

*

# 고등학교 동창회

결코 가지 않겠다고 다짐했건만, 나는 30년 만의 고등학교 동창회에 참석하기 위해 텍사스 깊숙한 곳까지 갔다. 고등학교를 졸업한 뒤 그 '아이들'을 한 번도 보지 못했다. 그냥 훑어보기만 했는데도 아이들은 내 예상대로 최악의 모습이었다. 대머리, 흰머리, 이중턱, 주름, 뚱뚱보, 검버섯. 우스꽝스러운 모습이었다. 그러나 웃기지 않았다.

늙었다. 우리는 이제 늙었다는 생각이 들었다. 이렇게 빨리 말이다. 이제부터는 모든 것이 내리막길이다. 썩고 부패하고 병에 걸리고 때 이른 무덤까지. 피곤함이 몰려왔다. 나는 눈에 띌 정도로 맥이 쭉 빠져 천천히 걷기 시작했다. 나의 유언을 생각하고 나의 장례식을 어떻게 할까 생각하기 시작했다.

이 불쾌한 기분은 30초밖에 가지 않았다. 지난여름 오리건주 번스의 트럭정거장에서 만난 두 남자에 대한 기분 좋은 기억이 떠올라 음울한 기분을 싹 씻어주었기 때문이다.

프레드 이스터 씨는 예순여덟 살이고, 그의 친구 리로이 힐 씨는 예순두 살이었다. 두 사람은 캘리포니아주 피스모 비치에서 자전거를 타고 앨버타주 캘거리에서 열리는 로데오를 보러 가는 길이었다. 해변에서 의자에 앉아 로데오에 대한 신문기사를 읽다가, 한 명이 "가자!" 했고, 두 사람은 일어나 길을 떠났다.

드디어 요란한 경주복 차림에 최첨단 자전거와 짐을 갖고 번스에 도착했다. 내가 프레드 이스터 씨에게 어떻게 이 일을 하게 되었느냐고 묻자, 그는 큰 소리로 웃으며 대답했다.

"그냥 그렇게 된 거라네. 그냥 말이야."

두 사람은 콜로라도와 그랜드 캐니언을 지나 5천8백 마일을 달려 10월에 집에 도착할 예정이라고 했다. 물론 가는 길에 다른 재미있는 일이 그들을 붙잡지 않는다면 말이다. 경주를 하는 것은 아니니까.

나는 그들을 만나고서 키가 커지고, 꼿꼿해지고, 잘생겨지고, 젊어졌다. 내게 남은 시간 동안 하고 싶은 일, 가고 싶은 곳, 되고 싶은 것의 목록을 만들었다. 은퇴? 절대로 안 한다. 죽음? 절대로 죽지 않는다.

그로부터 20년의 세월이 흘렀다. 나는 아직도 프레드 이스터 씨와 리로이 힐 씨를 기억한다. 그들은 내가 지난 20년 동안 한 일에 대해 잘했다고 칭찬해줄 것이다.

내년에는 50주년 고등학교 동창회가 앞뒤 가리지 않고 달려오는 세월을 알려줄 것이다. 내가 동창회에 갈까? 아마 가지 않을 것이다. 그럼 나는 어디에 있을까? 글쎄다. 아직 캘거리에서 하는 로데오를 구경한 적이 없으니……. 안 갈 이유라도 있는가?

—— *

# 자동차는 곧 당신이다

요즘은 어디를 가나 자동차가 화제다. 여러분도 공감할 것이다. 자동차에 대한 관심은 가히 숭배 수준이다. 특히 남자들은 차 이야기를 몇 시간이고 한다. 심리학자 에릭 번은 이를 칵테일파티에서 심심풀이로 하는 '제너럴 모터스 게임'이라고 불렀다. 사람들이 뭐라고 하든, 자동차는 사실 경제의 문제가 아니다. 이미지의 문제다. 미국에서는 당신이 타는 차가 곧 당신 자신이다. 주차장에 가서 보라. 그곳에 바로 당신이 있다.

내 낡은 차가 고물이 다 되어 나는 새 차를 주문하려고 한다. 다시 말해 나의 새 이미지를 주문하려고 한다.

실내를 부드럽고 가벼운 가죽으로 치장한 은회색의 벤츠 컨

버터블이 내게 꼭 어울릴 것 같았다. 하지만 은행은 그 차가 나와 어울리지 않는다고 생각했다. 사이드카가 달린, 광택 나는 검은색 BMW 오토바이가 내게 꼭 어울릴 것 같았다. 하지만 아내는 자기와 어울리지 않는다고 생각했다. 특히 사이드카 부분을 싫어했다. 총을 걸어놓는 선반과 총을 쏘는 구멍이 있는 랜드로버가 내게 꼭 어울릴 것 같았다. 그러나 도시 근처에는 사냥할 수 있는 초원이 거의 없다. '소비자 보고서'는 신형 폭스바겐 버그를 좋은 차로 선정했으나, 나는 버그(벌레)가 아니다. 폭스바겐 월러스(해마)나 폭스바겐 워터버팔로(물소)라고 했더라면 샀을지도 모르겠다.

전에 가르쳤던 한 학생은 나더러 갖고 있는 돈으로 몽땅 마약을 사라고 권했다. 집에 가만히 앉아서 원하는 여행을 마음대로 할 수 있다는 것이다. 하지만 나와는 어울리지 않는 일이다. 환각 여행으로는 식료품 하나도 사올 수 없는 데다 어느 누구도 나를 부러워하지 않을 것이다. 사람은 타인의 부러움을 받고 사는 존재인데 말이다.

최첨단 유행 자동차가 호화로우면서 실용적이고 경제적이라는 점은 분명하다. 크리넥스 휴지 값밖에 안 되는 포르셰 픽업트럭 같은 것. 물론 은회색이어야 한다.

내가 자동차에서 진정 바라는 건 이미지가 아니라 느낌이다.

어느 여름날 저녁 낡은 포드 픽업트럭 뒷칸에 앉아 집으로 가던 생각이 난다. 나는 여덟 살짜리 사촌 두 명과 같이 앉아 있었고, 로스코 삼촌이 운전했다. 수영을 하고 돌아가는 길이었다. 우리는 튜브 안쪽에 편안하게 걸터앉아 낡은 담요를 덮고 늙은 개를 꼭 끌어안은 채 따뜻하게 몸을 녹였다. 초콜릿과자를 먹고 달콤한 병우유를 마시며 목청껏 소리 높여서 〈벽에는 맥주 아흔아홉 병〉이라는 노래를 불렀다. 하늘에서는 별과 달과 하나님이 우리를 지켜보았고, 집에 도착할 무렵에는 우리 모두 달콤한 꿈을 꾸고 있었다. 세상엔 근심 걱정 하나 없었다.

바로 이런 것이 자동차다. 나는 차를 타면서 이런 것을 느끼고 싶다. 나는 이런 사람이다. 그런 차를 파는 중개상이 있으면 알려주길.

## 사물의 이름

여러분은 '벌거벗은 빗자루 강간', '개자식 두꺼비', '작고 더러운 양말', '비굴한 기관차풀'을 본 적이 있는가? 이것은 내가 만들어낸 이름이 아니라, 북아메리카 야생화도감에 나와 있는 꽃 이름들이다. 사진도 있다.

어느 날 무지함도 덜고, 같이 등산 가는 사람의 "저게 뭐지?" 하는 질문에 답도 할 겸 야생화도감을 보다가 색다른 이름들과 마주쳤다. 궁금증이 일었다. 이렇게 이름이 이상한 꽃들이 정말 있을까? 아니면 식물학자들이 꾸민 장난일까?

만일 이런 꽃들이 정말 있다면, 피어나는 꽃에 끔찍한 이름을 붙인 작자들을 상금을 걸고라도 만나고 싶다. 어떻게 꽃을 보고 "이 녀석을 '벌거벗은 빗자루 강간'이라고 부르자." 할 수 있었을까? 연보라색 나팔 모양의 꽃 중앙에 노란색이 살짝 뿌려진 귀여운 모습을 보고 말이다. 마침 그때 기분이 아주 나쁘지 않고서야 그런 이름을 붙일 수 있을까.

"이 꽃이 내게는 '개자식 두꺼비'처럼 보이네." 하고 말한 심술쟁이도 보고 싶다. 아이보리색 꽃잎에 황록색 잎이 돋은 자그마한 식물에게 어떻게 그런 이름을!

누군가 "저것 봐라. 저 자식한테 '비굴한 기관차풀'이라는 이름을 붙여줘야겠어." 했다면 풀숲에서 보낸 그자의 일진이 몹시 나빴으리라. 날씬한 잎에 은백색이 도는 꽃을 피우는 식물을 두고 그랬으니.

가운데가 진한 자주색이고 꽃잎은 분홍색인 꽃을 '더러운 양말'이라고 하다니! 이 이름을 붙여준 사람의 양말을 보고 싶다. 등산하는 사람들이 벗어놓은 더러운 양말을 본 적은 있지만, 나 같으면 식물에게 이런 이름을 지어주지는 않겠다.

이런 이름을 붙이다니, 식물의 달인들이 이름 붙여주는 대상을 못마땅하게 본다는 뜻이 아닌가. 식물도감에는 '낮은' 이것, '가짜' 저것, '난쟁이' 무엇, '피그미' 무엇 등 격이 낮은 것을 가리키는 단어가 가득했다. 그자들이 자기네 개와 고양이와 아이들에게 어떤 이름을 붙이는지 궁금하다.

작고 노란 해바라기에 '젖꼭지 씨앗'이라는 이름을 붙인 작자의 머릿속이 어떻게 돌아가는지 알고 싶다. 그런 남자에게 여자친구가 있을 리 만무하지만, 만약 있다면 한번 보고 싶다.

사실 이런 데 신경 쓰는 사람은 거의 없다. 세상에는 흥분할 거리가 너무도 많지 않은가. 야생화 이름을 바로잡는다고 선거에서 인기가 올라가지도 않으니까.

하지만 나는 이 세상 모든 것의 이름을 싹 지워버리고 다시 붙이라면 어떨지 매우 궁금하다. 우리가 지금 우리 주위에 있는 사물의 이름을 지어준다면, 옛날 사람들보다 잘할까? 식물 친구들에게 더 친절할까? 아마 아닐 것이다. 야생화 때문에 회의나 청문회를 여는 것을 상상이나 할 수 있는가?

게다가 전문가들에 따르면, 식물과 동물과 곤충이 생겼다가 없어지는 속도가 인간이 목록을 만드는 속도보다 빠를 정도로 생물이 빠르게 진화한다고 한다. 존재를 확인하고 이름을 붙여준 생물의 수보다 알지도 못하는 생물의 수가 훨씬 많다. 사실 인간이 이름을 붙여준 생물 대부분은 지금 사라지고 없다. 한때 '벌거벗은 빗자루 강간'이 있었으나 지금은 멸종되었을지도 모른다. 다른 것이 그 자리를 차지할 것이고, 그러면 다시 이름을 지어줘야 하리라. 그때는 좀 더 예쁜 이름을 붙여주기를…….

실제로 전에는 들어본 적 없는 예쁜 이름도 있다. 장밋빛 고양이발톱, 마법사의 밤 그림자, 초콜릿 백합. 야생화도감에 나오는 꽃 중에서 내가 좋아하는 꽃 이름들이다. 한발 나아간 것이다.

꽃들은 우리를 어떻게 부를지 궁금하다. 기어 다니는 뚱뚱한 버섯? 죽음의 개자식 풀숲? 밤에 소리 지르는 개미귀신? 훌쩍거리며 우는 풀?

지구상에 있는 생물은 대부분 인간보다 훨씬 오래되었다. 화석이 이를 증명한다. 많은 생물이 우리가 사라진 뒤에도 우리가 지어준 이름을 달고 한참을 더 살아갈 것이다. 과학자들은 지구가 생긴 지 45억 년이 되었으며 앞으로 57억 년 더 존재한다고 한다.

꽃은 우리가 어떤 이름을 붙여주든 신경 쓰지 않는다. 이름 때문에 고민하는 것은 인간뿐이다.

* 

# 물에 관하여

"어떤 물을 드릴까요?"

저녁식사에 초대한 여주인이 물었다. 탄산수, 보통 물, 프랑스산 물, 이탈리아산 물, 산속 빙하수, 지하수가 있으니 그중에서 고르라고 했다. 또 그대로 마실지, 향을 넣어 마실지, 얼음을 넣어 마실지, 미지근하게 마실지 고르라고 했다. 라임을 넣을지, 레몬을 넣을지도 고를 수 있었다.

사실 나는 선택의 폭이 약간 좁은 것에 놀랐다. 집 근처 슈퍼마켓에만 가도 프랑스산, 캐나다산, 웨일즈산, 독일산, 이탈리아산, 노르웨이산, 미국산, 심지어 피지에서 온 물까지 서른 가지의 물이 있다. 오래된 샘에서 퍼낸 물, 깊은 산속 개울에서 떠온 물, 광물이 든 물도 있다. 병 색깔도 투명한 색, 초록색, 진한 파란색 등 세 가지나 되고, 병에는 모두 멋진 상표가 붙어 있다.

'브랜드 물'이라고 부르는 이런 물은 사치스럽게 보인다는 이유로 비판받기도 한다. 그렇다면 맥주, 와인, 위스키도 똑같이 비판받을 수 있을 것이다. 영화, 소설, 음악도 마찬가지다. 모두 인간 본성의 낭만적인 면, 간단히 말하자면 인간의 상상력에 호소해 마음을 움직이려는 것이기 때문이다.

나는 상상을 펼칠 수 있는 물이 좋다.

내가 태어나기 수백 년 전에 프랑스 알프스산에 내린 눈이 빙하가 되었다가 녹아서 땅속 깊이 스며들어 지하수가 되고, 병에 담겨 바다를 건너와 우리 집 근처 슈퍼마켓 선반에 앉는다. 이런 물을 한 잔 마신다고 생각하면 기분이 좋아진다. 적은 돈을 내고 물 한 잔으로 깊은 공상에 잠길 수 있으니, 이 얼마나 흐뭇한가. 평범한 물 한 잔 속에 자연의 경이와 산업혁명의 창의력, 삶을 시적으로 보는 즐거움이 모두 담겨 있으니 말이다.

더구나 물은 건강에도 좋다. 우리 몸의 90퍼센트가 물로 되어 있으니, 사실 나는 곧 물이라고 할 수 있다. 이따금 이런 물을 마셔 내 몸의 생명수에 상상의 힘을 수혈해주는 것도 즐거운 일이다.

그러나 아직 개척되지 않은 최고급 물 시장이 남아 있다. 바로 희귀하고 역사적인 물이다. 자연의 순수함을 넘어 아주 오래되어서 귀하거나 특별한 사건과 관련되어 가치가 있거나 이제 더는 없기에 귀한 물, 이런 것이야말로 최고급 물이라고 할 수 있다.

몇 가지 예를 들어보자. 몇 년 전 어느 제자가 그리스 델포이에 있는 샘에서 떠온 물 1리터를 주었다. 그 샘은 4세기경 그리스 귀족들이 자신의 운명에 대한 신탁을 받으러 갈 때에 물을 마시던 곳이라고 한다. 나는 4월 만우절에 이 물을 조금씩 마셨다.

어느 해 크리스마스에 아내가 물을 선물로 주었다. 그해 여름에 같이 등산 갔던 곳에서 담아온 물로, 정성스럽게 찌꺼기를 거르고 내 생일날 병에 담았다고 한다. 선물을 받자, 그곳에서 함께 지낸 날들의 추억이 되살아났다. 우리는 크리스마스에 저녁을 먹으며 그 물로 건배했다. 지난날의 행복과 지금의 기쁨에 건배를.

내가 아는 어떤 사람은 콜로라도강이 자유롭게 흐르던 때의 강물을 병에 담아 간직하고 있다. 지금 콜로라도강은 글렌 캐니언댐이 들어서 진흙 호수가 되었다. 그 물은 그의 젊은 날과 영원히 사라져버린 미국 어느 서부지방을 추억하며 사무실 책장에 고이 놓여 있다. 때로 그는 물병을 보며 웃는다. 또 어떤 때는 눈물짓는다.

예전에 참석했던 어떤 세례식에 쓰인 물도 특별했다. 부부가 주말 캠핑을 할 때 첫 아이를 임신했는데, 그때 텐트에서 떨어지는 빗물을 모아두었다가 세례식 물로 사용했다.

어떤 부부의 결혼 1주년 기념 파티에 가서도 독특한 물을 보았다. 결혼식은 1년 전 4월에 치렀는데, 뜻밖에도 눈이 내려 환상적인 결혼식이었다고 한다. 결혼식 날 신부 아버지가 그 눈을 모아 병에 담아두었다가, 딸의 결혼 1주년 기념 선물로 내놓았다. 값을 매길 수 없는 선물이다.

이런 물은 상업적으로 가치를 따질 수 없다. 공장에서 만들어낼 수도, 병에 담을 수도 없는 두 가지 비밀 재료가 들어가기 때문이다. 바로 상상력과 추억. 이런 물은 집에서만 만들 수 있다. 경험에 의해 물맛이 생기고, 마음의 저장고를 채우려는 창조적인 노력에 의해 나만의 독특한 물이 만들어진다.

모두 함께 잔을 채워 높이 들고, 건배!

*

# 동물원에서

샌디에이고에는 세계에서 가장 훌륭하다고 알려진 동물원과 야생동물공원이 있다. 나는 열렬한 동물원 팬이다. 얼마 전에는 하루 종일 샌디에이고 동물원에서 시간을 보냈다. 동물원은 어른에게도 좋은 곳이다. 잠시나마 현실을 잊게 해주기 때문이다.

여러분은 기린을 아주 가까이에서 본 적이 있는가? 기린은 비현실적이다. 만약 천국이 있고 내가 천국에 간다면, (둘 중 어느 가정에도 돈을 걸지 말라. 그냥 가정이라고만 생각하라.) 나는 기린에 대해 물어볼 것이다. 하나님은 무슨 생각으로 기린을 만들었을까?

동물원에서 내 옆에 있던 여자아이가 엄마에게 내가 생각했던 것을 물었다.

"엄마, 기린은 왜 있는 거야?"

엄마는 모른다.

기린은 자기가 왜 있는지 알까? 그런 것에 관심이나 있을까? 이 세상의 것들 가운데 자신이 어떤 위치를 차지하는지 생각이나 할까? 기린은 27인치나 되는 검은색 혀는 있지만, 성대가 없다. 기린은 말이 없다. 그저 기린으로 살아갈 뿐이다.

기린 옆에는 웜뱃, 부리가 오리처럼 생긴 오리너구리, 오랑우탄이 있다. 모두 비현실적이다. 오랑우탄은 우디 삼촌처럼 생겼다. 우디 삼촌도 무척 비현실적이다. 숙모는 삼촌을 동물원에 어울릴 법한 사람이라고 한다. 그 말을 들을 때면 사람들 가운데 몇 명을 뽑아 동물원에 넣어두면 어떨까 하는 생각이 든다.

사자를 지켜보면서 그런 생각을 했다. 수컷 사자 한 마리와 암컷 사자 여섯 마리였다. 동물원에서 사는 것은 정말 근사해 보인다. 사자의 번식률이 너무 높기 때문에 동물원에서는 암컷 사자들의 자궁에 피임기구를 삽입해놓는다. 사자가 하는 일이라고는 먹고, 자고, 벼룩 잡고, 뒷일 걱정 없이 짝짓기하는 것뿐이다. 동물원에서 먹을 것과 잘 곳을 제공하고, 건강관리와 노후보장도 해주고, 장례식까지 치러준다. 정말 훌륭한 대우다.

우리는 인간만이 유일하게 생각하고 반성하는 존재라고 떠들어대면서 "생각하지 않는 삶은 살 가치가 없다."라고 공공연히 선언한다. 그러나 기린, 사자, 웜뱃, 오리너구리가 받는 대우를 보면 생각 없이 사는 삶도 살 만하다는 생각이 든다.

언제라도 동물원에서 나를 필요로 한다면, 나도 그렇게 살아볼 생각이다. 확실히 나는 위기에 처한 종족의 일원으로서 동물원에 들어갈 자격이 있다. 그리고 삶에 대해 생각하는 것이 짐스러울 때가 분명히 있다.

여러분과 여러분의 아이들이 커다랗고 안락한 우리를 지난다고 상상해보라. 우리 안에는 담배꽁초, 코냑병, 티본스테이크 뼈다귀가 널려 있다. 거기에 나 늙은 풀검이 여섯 명의 아리따운 여인에게 둘러싸여 햇볕을 쬐며 졸고 있다. 여러분의 아이가 나를 가리키며 "저것은 왜 있는 거야?" 하고 묻는다. 나는 하품을 하고 나서 한쪽 눈만 가늘게 뜬 채 대답한다.

"알게 뭐야?"

말했듯이 동물원은 현실을 잊게 해준다.

사자와 기린과 웜뱃과 나머지 녀석들은 늘 하던 일을 하고 늘 그 모습 그대로다. 생각 없이 살면서 우리 안에서 어찌어찌 살아나간다. 하지만 사람은 알려고 하고, 관심을 갖고, 묻는 존재다. 우리 창살을 잡고서 흔들어대고, 돌과 별을 보면서 "저건 왜 있는 거야?" 하며 외치고, 그 대답을 갖고서 감옥도 짓고 궁전도 짓는다. 그것이 우리 인간이 하는 일이자, 우리 인간의 모습이다. 동물원은 가보기에는 좋은 곳이지만, 그곳에서 살고 싶지는 않다.

——— *

# 막다른 길

이 이야기를 '노스이스트 25번가의 미스터리'라고 부르면 딱 맞을 것 같다. 여기에는 우주의 뜻이 담겨 있다. 나는 시애틀 북부의 어느 언덕 밑 막다른 골목 끝에 위치한 집에 산 적이 있다. 이야기는 바로 이 골목에서 벌어진 이상한 일에 관한 것이다.

그 골목에는 별로 볼 게 없었다. 언덕을 내려오게 할 만한 것은 아무것도 없었다. 좁고 구부러지고 어수선한 길을 에드 웨더스의 차와 그 형의 2톤 트럭, 딜세스의 낡은 트레일러가 막고 서 있었으니까.

95번가 언덕배기 교차로에서는 이 막다른 골목이 끝까지 다

보였다. 95번가 길 양쪽에 표지판이 하나씩 서 있었다. 하나는 노란색이고 다른 하나는 검은색인데, 둘 다 '길이 끝남'이라고 적혀 있었다. 그리고 내가 사는 골목 끝에도 커다란 표지판이 있었다. 흰색과 검은색 줄무늬에 반사경까지 달린 표지판으로, '길 없음'이라고 쓰여 있었다. 표지판은 막다른 길 한가운데 있었기 때문에 아주 멀리서도 잘 보였다.

이렇게 해놓았는데도 사람들은 언덕 아래 골목길로 차를 몰고 내려왔다. 조금 오다 마는 것이 아니라 표지판을 보고도 막다른 길 끝까지, '길 없음'이라고 쓰인 흰색과 검정의 표지판이 있는 데까지 차를 몰고 왔다.

사람들은 막다른 길 끝에 다다르면 표지판을 두세 번씩 읽었다. 마치 외국인이라서 거기에 쓰인 말을 번역이라도 해야 하는 듯이. 그러고는 주위에 혹시 돌아가는 길은 없나 하고 표지판을 두리번거렸다. 이따금 2,3분 그곳에 앉아서 마음을 가다듬기도 했다. 마침내 그들은 차를 돌렸다. 이때 표지판에 거의 닿을 정도로 너무 가까이 돌렸다. 어떤 차는 우리 집 뜰과 폴스키 부인의 금잔화 화단과 길 건너편의 검은딸기 덤불 사이를 왔다 갔다 하며 차를 돌리다가 화단을 망가뜨리기도 했다.

재미있는 것은 일단 차를 돌리면 천천히 조심조심 출발하는 차가 없다는 점이다. 마치 방금 무엇인가를 깨달은 것처럼 황급히 떠난다. 아니 도망치는 악마처럼 전속력으로 달려간다고 해야 더 맞을 것 같다. 어느 누구도 예외가 없었다. 어떤 차를 몰든, 어떤 부류의 사람이든, 환한 대낮이든 캄캄한 밤이든 마찬가지였다. 경찰차도 두세 번 그랬고, 한 번은 소방차도 그랬다.

타고난 회의주의 때문일까, 아니면 타고난 어리석음 때문일까? 솔직히 모르겠다. 정신과 의사인 한 친구는 그것이 부정을 하려는 무의식적인 욕구를 보여주는 예라고 했다. 누구나 길이 끝나지 않고 계속되기를 바라기 때문에, 길이 막혔다는 표지판이 뻔히 보이는데도 갈 수 있는 데까지 가본다는 것이다. 나만은 예외일 거라고, 내게는 해당하지 않을 거라고 생각한단다. 그러나 예외는 없다.

나는 궁금했다. 친구에게 들은 이야기를 타이핑하고 프린트하여 작은 상자에 넣어놓고 상자 겉에다 "당신이 왜 여기 있게 되었는지 설명해주는 무료 정보가 있으니 가져가세요."라는 글을 붙여놓는다면, 과연 사람들이 그 글을 읽을까? 글을 읽고 달라질까? 잔디와 금잔화와 검은딸기 덤불에 좀 더 신경을 쓸까? 천천히 출발할까?

아니라는 생각이 든다. 차라리 언덕 꼭대기에 이런 간판을 세우는 것이 나을지도 모르겠다.

"길이 끝나는 곳에 '길가의 사원'이 있으니, 내려와서 삶의 궁극적 의미와 대면하시라. 이곳은 막달은 길임."

이러면 차들에게 어떤 영향을 미칠까?

얼마 전, 몇 년 만에 이 골목길을 가보았다. 여전히 막다른 길이었고, 변한 것이 별로 없었다. 동네사람들은 아직도 막다른 길임을 믿지 못하는 차들이 길 끝에 있는 표지판까지 왔다가 차를 돌려 도망간다고 했다.

인생은 아직도 막다른 길이다. 그리고 우리는 여전히 그 사실을 받아들이지 못해 힘든 시간을 보낸다.

## 풀검의 교환법칙

영국박물관에는 기원전 3800년경 바빌로니아 사람들이 만든 점토판이 있다. 이 점토판에는 세금을 정하기 위해 인구조사를 했다는 기록이 있다. 고대 이집트와 로마 사람들도 인구조사를 했다. 1085년 영국에서는 정복왕 윌리엄 1세의 명을 받아 유명한 둠즈데이북Domesday Book(토지대장-옮긴이)을 만들었다. 아주 오래전부터 사람이 얼마나 살고 있는지 알아야 할 필요가 있었던 것이다.

미국에서는 1790년부터 인구조사를 시작했다. 인구조사를 해보면 흥미로운 사실을 발견할 수 있다. 특히 컴퓨터가 등장해 미래의 상황을 추정할 수 있게 되면서 더욱 흥미로워졌다.

예를 들어, 지구의 인구가 지금과 같은 속도로 늘어난다면 서기 3530년에는 전 인류의 살과 피의 합이 지구의 질량과 같아진다. 그리고 서기 6826년에는 전 인류의 살과 피의 합이 우리가 알고 있는 우주의 질량과 같아진다.

사람의 살덩이가 이렇게 많아진다니 놀랍지 않은가?

이것도 생각해보자. 줄리어스 시저 시대에는 지구의 총 인구가 1억 5천만 명이었는데, 요즘은 2년 동안 늘어나는 인구가 1억 5천만 명이다. 좀 더 작은 단위로 나누어 생각해보자. 지금 여러분이 이 글을 읽는 동안 약 500명이 죽고 680명이 태어난다. 약 2분 동안에 태어나고 죽는 사람의 수가 이렇다. 통계학자들은 지금까지 세상에 태어난 사람들을 전부 합하면 약 700억 명이 된다고 한다. 이미 말한 바와 같이, 앞으로 사람이 얼마나 더 태어날지 모르지만 아주 많이 태어날 것이다.

그런데 지금까지 살았던 수백억 명의 사람은 부모에게 물려받은 성세포가 아주 다양해서 똑같이 생긴 사람이 없다. 미래에도 그럴 것이라는 점은 꽤 확실하다. 달리 말하면, 여러분이 지구 한편에 여태까지 살았던 사람과 앞으로 살 사람을 한 줄로 세워놓고 가지각색의 사람들을 찬찬히 살펴봐도 나와 똑같이 생긴 사람은 한 명도 찾을 수 없다는 것이다.

잠깐, 할 이야기가 더 있다.

지구 저쪽에 세워놓은 인간을 제외하고, 여태까지 살았던 생물이나 앞으로 살 생물을 한 줄로 세워놓고 보자. 그러면 저쪽 인간 줄에 서 있는 창조물이 그래도 다른 줄에 서 있는 어떤 생물보다 여러분과 비슷하다는 것을 알게 될 것이다.

끝으로 하나 더 말하자면, 에드몽 로카르Edmond Locard라는 유명한 프랑스 범죄학자가 1900년대 초에 '로카르의 교환법칙'을 만들어냈다. 누구든지 어떤 방에 들렀다 나가면 자기도 모르게 방에 무엇인가를 남기고 무엇인가를 가져간다는 것이다. 현대의 기술은 이 법칙이 옳다는 것을 입증해주었다. 비듬, 머리카락, 지문 등이 남기 때문이다.

나는 로카르의 법칙을 확장해 '풀검의 교환법칙'을 만들어냈다. 이 세상에 살았다 가는 모든 사람이 자기도 모르게 무엇인가를 남기고 무엇인가를 가져간다는 것이다. 이 '무엇인가'는 볼 수도, 들을 수도, 셀 수도, 과학적으로 증명할 수도 없다. 그것은 우리가 다른 사람들의 마음에 남기는 것이며 다른 사람들이 우리 마음에 남기는 것, 바로 추억이다.

인구조사에서는 추억의 수를 세지 않는다. 하지만 추억이 없으면 그 무엇도 중요하지 않다.

I believe that imagination is stronger than knowledge.

That myth is more potent than history.

That dreams are more powerful than facts.

That hope always triumphs over experience.

That laughter is the only cure for grief.

And I believe that love is stronger than death.

## 돌아보다

이 책이 처음 출판된 이후 나는 많은 독자에게 같은 질문을 받아왔다.

"정말 유치원을 다닌 뒤로는 아무것도 배운 것이 없나요?"

대답은 물론 "있다."이다.

나는 시간과 경험을 통해서만 배울 수 있는 것을 배웠다. 시간과 경험에 의해 받아들일 준비가 되었을 때에만 가르침을 주는 스승도 있다는 것을 알게 되었다. 내 글은 내 삶의 연대기다. 내 삶을 장부 정리하듯 정리하는 것이다. 여섯 살 이후 배운 것을 목록으로 적어보니 계속 그 수가 늘어나고 있다. 그중에 다음 문장들이 눈에 띈다.

모든 것은 멀리서 보면 더 좋아 보인다.
결심을 했으면 그대로 살아야 한다.
모든 것은 무엇인가의 거름이 된다.
'그들'은 없다. 오직 '우리'만 있다.
당신이 생각하는 것을 모두 믿는 것은 실수다.
사람은 어떤 것에도 익숙해질 수 있다.
상황이 나빠 보일 때 실제로 그만큼 나쁠 수도 있다.
굿나잇 키스를 해줄 사람이 늘 옆에 있다면 도움이 된다.

위의 사항을 유치원 신조 목록에 추가하라.

더 있다. 그러나 말을 할 수 있을지 모르겠다. 요즘 나는 알기는 하는데 그것을 제대로 표현하지 못할 때가 종종 있다. 말을 넘어서면 그 너머 어디에선가 드디어 큰 그림에 대한 이해가 다가온다. 아인슈타인조차 확실히 쓰지 못했던, 말로 설명할 수 없는 통합자기장 이론이 마침내 이해가 된다.

딱 맞는 말을 찾는 것이 아주 중요하다고 생각하던 때가 있었다. 지금은 무엇엔가 딱 맞는 말이란 결코 없다는 것을 안다. 훌륭하게 산 삶이란 항상 진행 중이다. 나는 이제는 통사론과 은유를 놓고 사람들과 싸우지 않는다. 말해야 하는 것이 해야 하는 것만큼 중요하지는 않다. 신조는 신경 쓰지 말라. 삶을 보여달라. 여러분이 무엇을 생각하고 바라는지 말하지 말고, 여러분이 한 일을 보여달라. 나는 내가 살아 있는 모순덩이라는 것을 너무나도 잘 안다. 그러나 앞으로 나아가고 있다.
스콧 피츠제럴드가 말했다.

작가는 정확히 말해서 한 사람이 아니다.
작가 안에는 한 사람이 되려는 아주 많은 사람이 들어 있다.

그것이 나다. 또한 내가 쓴 모든 글에 '변형'이라는 주제가 깔려 있는 이유다. 내 안의 하나 되려는 열망은 내 삶과 다른 사람의 삶을 변화시킬 정도로 강하다. 나는 내가 쓴 이야기의 진실에 맞게 살려고 열심히 노력하고 있다.

지금 알고 있는 것을 그때도 알았더라면 어떻게 달리 살았을까 고민하고 나니, 다음 질문에 대답할 수 있게 되었다.

"지금 생을 다시 살아야 한다면, 어떻게 하겠는가?"

모든 것을 고려하고 신중하게 생각해봐도, 나는 나의 삶을 다시 살겠다.

로버트 풀검
ROBERT FULGHUM

# 마무리

책을 끝맺는 방법 가운데서 내가 좋아하는 방법은 끝을 맺지 않는 것이다. 제임스 조이스가 《피네간의 경야Finnegans Wake》에서 한 것처럼, 구두점이나 어떤 설명 없이 문장 중간에 그냥 끝내는 것. 이를 두고 어떤 학자들은 마지막 구문이 책의 처음에 나오는 불완전한 문장과 이어져서 끝나지 않는 하나의 원을 이룬다고 해석한다. 그러기를 바란다. 나도 그것이 좋다.

나는 이 책을 삶의 단계마다 내가 지금까지 있었던 곳, 지금 있는 곳, 앞으로 갈 곳에 대해 생각하는 수단으로 여기며 고치고 새로운 이야기를 추가했다. 모든 것이 순조롭다면, 나는 계속 이 작업을 할 것이고, 계속 다시 유치원으로 돌아갈 것이다. 그리고 이 책은 1989년 전 '내가 정말 알아야 할 모든 것은 유치원에서 배웠다'는 꽤 도발적인 제목을 달고 처음 출간되었고, 나오자마자 화제가 되었다. 한국어판이 출간될 당시 나는 독일로 건너간 직후라서 그곳 생활에 적응하느라 이 책을 읽지 못했지만, 잠시 귀국해서 부모님 댁에 갔을 때 책장에 꽂혀 있던 이 책을 빼내 읽은 기억이 난다.

이 책은 이제까지 여러 번 출간된 데다 워낙 많은 글과 강의에서 인용되다 보니, 누구나 제목은 들어서 알고 있고 내용마저 어느 새 읽은 듯한 착각이 든다. 나도 그런 착각 속에서 번역을 시작했는데, 내게는 소소한 일상이 이 사람에게는 인생에 대해 생각하게 만드는 실마리였다는 점이 신선했다.

이 책에 실려 있는 글의 대부분은 빨래, 화장실, 거미줄, 야생화, 숨바꼭질, 낙엽, 이사를 하면서 발견한 먼지덩어리, 샐러드에 들어간 버섯 등 지극히 일상적인 것들을 소재로 삼고 있다. 저자는 이런 일상이 삶의 진실이 드러나는 순간임을 보여준다. 이사를 하느라 짐을 다 들어내고 보니 눈에 띄는 구석의 먼지덩어리, 그것은 인간이 자연으로 되돌아가는 한 가지 방식이었다. 귀여운 야생화에게 '작고 더러운 양말'이라는 이름을 붙여 준 식물학자는 이름을 지어준다는 것이 어떤 의미인지 생각해 본 적이 없다. 죽었다가 깨어난 체험을 했다는 사람들이 있지만, 사실 우리는 매순간 죽었다가 깨어나고 있다.

인간이라는 유한한 존재에 대해 어떻게 생각할 것인가, 그런 존재가 살아가는 일상이라는 것은 어떤 의미가 있는가? 나는 저자가 끝까지 이 점을 놓지 않고 있음을 알 수 있었다. 그냥 지나치면 아무 의미 없이 사라지고 마는 것들에게 의미를 부여하는 것은, 그럼으로써 유한한 우리의 존재가 의미 있게 되기 때문일 것이다. 이 책은 잠시 멈추고 감동하고, 잠시 멈추고 생각하게 만든다. 저자는 우리에게 인생도 그렇게 잠시 멈추고 감동하고 잠시 멈추고 생각하며 살라는 메시지를 보내는 것 같다.

이 책을 번역하면서 가장 큰 즐거움은 오래전에 쓴 글이 그 오랜 세월 동안 어떤 영향을 미치고 어떤 변화를 가져왔는지를 보는 것이었다. 특히 저자가 그동안 자신이 쓴 글의 내용대로 살아왔다는 것이 놀라웠다.

예를 들어, 다음은 이 책이 처음 출간될 당시 저자가 베토벤의 합창 교향곡을 듣고 쓴 글이다.

진부한 날의 한가운데서, 나는 베토벤의 음악으로부터 저항할 수 없는 확신을 발견한다. 깊은 겨울, 내 속에서 여름의 태양을 발견한다. 언젠가 큰 부자가 된 어느 믿을 수 없는 12월의 밤에, 커다란 홀과 대규모 합창단과 대단한 교향악단을 빌려서 직접 단상에 올라 제9번 교향곡을 지휘할 작정이다.

그런데 지금은 다음과 같은 글이 덧붙여져 있다.

정말 마법 같은 일이지만, 나는 미니애폴리스 실내관현악단을 앞에 두고 이 위대한 곡 '환희의 송가'를 지휘했다. 미친 꿈이라도 그 꿈을 꾸는 사람에게 미친 요정이 한둘쯤 있으면 실현될 수 있다. 그 경험은 내가 바라던 그대로였다. 아니, 그 이상이었다.

놀랍고 감동적이었다. 글에서 쓴 대로 이루어진 것이다. 힘들

때 기운이 솟아나고 기쁨이 넘쳐흐르고 가슴이 뛰게 하는 비장의 무기인 합창 교향곡을 직접 지휘해보고 싶은 열망을 글로 적은 것이 실제로 그대로 이루어진 것이다.

이 책 곳곳에서 글에서 쓴 대로 살아가는 저자의 모습을 볼 수 있었다. 저자는 할아버지를 한 번도 본 적이 없었기에 자신이 갖고 싶은 할아버지에 대한 이야기를 많이 썼다. 글을 쓸 당시 저자는 할아버지가 아니었지만, 시간이 흘러 이제 할아버지가 되었는데 바로 자신이 갖고 싶다고 썼던 할아버지의 모습이 되어가고 있다.

진실한 글만이 읽는 사람의 마음을 감동시킬 수 있다면, 자신이 쓴 글대로 살아가는 이 사람의 글이야말로 가장 진실한 글이 아닐까 싶다. 글이 가진 힘이 얼마나 큰지도 다시 한번 느꼈다. 마음속에서 흘러넘치는 것을 글로 쓰면 그것이 다시 힘이 되어 삶에 영향을 끼친다는 것을 다시 확인했다.

최정인

**옮긴이** 최정인

서울대학교 불어교육과를 졸업하고 독일로 건너가 본대학교에서 번역학으로 석사학위를 받았다. 한국으로 돌아와 통역사, 외국인을 위한 한국어 강사로 일하다가 출판사에서 해외도서 기획자로 일하기도 했다. 지금은 학교에서 아이들에게 영어를 가르치는 선생님이자 번역가로 일하면서 로버트 풀검처럼 일상의 작은 행복과 깨달음을 놓치지 않으며 살아가려고 노력한다. 옮긴 책으로는 《지구에서 웃으면서 살 수 있는 87가지 방법》《해피 에이징》《어른이 된다는 것》《멀티플라이어》와 그림책 《누구일까요?》 등이 있다.

내가 정말 알아야 할 모든 것은
유치원에서 배웠다

**1판 1쇄 발행** 2009년 12월 10일
**1판 5쇄 발행** 2014년 1월 5일
**2판 1쇄 발행** 2018년 5월 25일
**2판 9쇄 발행** 2024년 1월 3일

**지은이** 로버트 풀검
**옮긴이** 최정인

**발행인** 양원석 **편집장** 김건희 **영업마케팅** 조아라, 정다은, 이지원, 한혜원

**펴낸 곳** ㈜알에이치코리아
**주소** 서울시 금천구 가산디지털2로 53, 20층(가산동, 한라시그마밸리)
**편집문의** 02-6443-8902 **도서문의** 02-6443-8800
**홈페이지** http://rhk.co.kr
**등록** 2004년 1월 15일 제2-3726호

ISBN 978-89-255-6380-0 (03840)